Sigrid Kofler

Deborah

Tod meines Kindes

SPECTRUM

für Deborah
für immer in meinem Herzen

Inhaltsverzeichnis

Kurztexte

Inhaltsverzeichnis

Meine Geschichte

Vorwort

Bewunderung und Dank

Kindergräber lassen uns nachdenklich werden. Beim Betreten unseres Friedhofs fällt der Blick auf das Grab mit der Kinderhand, auf Stern und Bergkristall, auf das Grab der kleinen Deborah. Wir schauen und möchten fragen. Frau Sigrid Kofler Edler, die Mutter von Deborah, hat durch ihr Buch das Geheimnis für uns ein wenig gelüftet. Wir staunen und werden nachdenklich. Wir erfahren, was Eltern empfinden, wenn sie ein Kind erwarten, wie sie Abschied nehmen und trauern. Empfindsamer möchten wir werden und lernen, wie man trauernden Eltern begegnet, damit wir ihnen nicht hilflos gegenüberstehen. Die Frau und Mutter Sigrid Kofler Edler hilft uns mit ihren Gedanken. Sie führt uns in Höhen und Tiefen, die sie selber durchleben musste.
Vielleicht schaffen wir es nicht, das Büchlein in einem Zug zu lesen; vielleicht müssen wir absetzen, innehalten und das Gelesene verarbeiten.
Wir müssen für uns selber Fragen zulassen, die der Verfasserin zu schaffen machten: Was ist der Mensch? Wer und wie ist Gott?
Wenn wir dieses Buch gelesen haben, werden wir Eltern und Kinder anders sehen und öfter für sie beten. Durch die Natur und durch die Friedhöfe werden wir bewusster und besinnlicher gehen und neue Gedanken in unser Leben, in unser Gebet und in unsere Gottesdienste einbringen.
Deborah und ihre Eltern helfen uns. Wir danken ihnen.

Hans Oberhammer, Pfarrer von Taisten
September 2011

Wie dieses Buch entstand und worum es geht

Dieses Buch entstand aus einer Reihe von Zufällen; es nahm seinen Anfang vor 16 Jahren.
Zunächst waren es Texte über eine glückliche und gewollte Schwangerschaft und über die Geburt der kleinen Deborah. Sie waren als späteres Geschenk für sie gedacht, um sie teilhaben zu lassen an den Gefühlen ihrer Eltern.
Als an ihrem dritten Lebenstag eine unheilbare Stoffwechselkrankheit diagnostiziert wurde, stürzte meine Welt zum ersten Mal ein. Als mein Kind mit nur sechs Tagen starb, brach an jenem 26. Mai die Welt für mich vollends zusammen. In den folgenden zwei Jahren entstanden die Texte meiner Trauer und meines Suchens nach einem Sinn. Das Schreiben half mir bei meiner Trauerarbeit.
Viele Jahre lang hat niemand, nicht einmal mein Mann, von den Texten gewusst. Sie gehörten nur mir und meinem toten Kind. Erst Jahre später durfte mein Mann sie zum ersten Mal lesen. Er war es, der mir immer wieder Mut machte, die Texte anderen betroffenen Eltern zugänglich zu machen, um vielleicht helfen zu können, die Trauer leichter zu bewältigen. Aber die Zeit dazu war noch nicht reif, ich konnte noch nicht loslassen. Erst nach fünfzehn langen Jahren wandte ich mich an den Athesiaverlag. Ich war bereit, meine Gedanken und Gefühle mit anderen Menschen zu teilen.

Wir bemühten uns, ein Konzept zu finden, mit dem wir in erster Linie betroffene Eltern ansprechen können, aber auch Angehörige, Freunde und all jene Menschen, die mit trauernden Eltern und sonstigen Trauernden zu tun haben.
Trauer ist ein sehr komplexer Prozess, und die Trauer um ein Kind nimmt darin eine besondere Stellung ein. Leider gilt für viele Menschen immer noch: *„Je kleiner das Kind, desto kleiner die Trauer.“*

Die Texte sollen betroffenen Eltern, und in diesem Fall vor allem Müttern, die Möglichkeit geben, sich selbst in meinen Worten und starken Gefühlen wiederzufinden.
Die verschiedenen Aspekte der Trauer wie Aggression, Wut, Frustration, Scham- und Schuldgefühle, Vorwürfe, Selbstanklagen, sozialer Rückzug, Lebensverdruss, Hoffnung kommen zur Sprache und mögen betroffenen Eltern ein Stückchen Hoffnung geben, in und mit ihren Gefühlen nicht allein zu sein.
Eine persönliche Erfahrung soll zugänglich und öffentlich gemacht werden, für direkt betroffene Eltern und Familien und vielleicht auch für indirekt betroffene Fachleute. Außerdem möchte ich die Auseinandersetzung mit der Trauer als eine wertvolle, ermutigende Erfahrung unterstreichen, die dem Leben neue Farbe zu geben vermag, trotz aller Fragen, die offen bleiben und offen bleiben müssen.

Die Gliederung stellt keinen Anspruch auf die Wiedergabe eines tatsächlichen Ablaufs, da Trauer nicht linear verläuft und individuell verschieden ist. Einzelne Phasen wiederholen sich immer wieder auf verschiedenen Ebenen. Die Texte sind in der tatsächlichen Reihenfolge ihrer Entstehung belassen.
Das Buch ist in zwei Abschnitte gegliedert: Da sind einerseits Texte, die während meiner Schwangerschaft und Trauer entstanden sind, und daneben gibt es andererseits einen Prosateil, in dem ich meinen Weg durch die Schwangerschaft und die Trauer erzähle.

Es gibt unzählige Möglichkeiten, warum ein Kind nicht lange leben darf. Jeder hat seine Geschichte und jeder Verlust ist in seiner Art anders.
Die Texte, die bis zum Zeitpunkt von Deborahs Tod entstanden sind, erzählen unsere persönliche Geschichte. In diesem Buch geht es auch um Schwangerschaft und Geburt, da jedem Kindesverlust eine Schwangerschaft vor-

ausgeht und die positiven Erinnerungen daran wichtig für die Trauerarbeit sind.
So unterschiedlich der Verlust eines Kindes auch sein mag, der Weg, den wir anschließend gehen, ist das, was uns trauernde Eltern verbindet. Der unsagbare Schmerz ist uns gemeinsam, wir sind sehr dünnhäutig geworden und die Trauer um das geliebte Kind wird niemals ganz aufhören.
Die Texte aber geben Zeugnis davon, dass es möglich wird, mit dem Verlust zu leben. Ich will betroffenen Eltern Mut machen, sich der Trauer zu stellen und ihren Weg zu gehen, aber auch den Menschen in ihrem Umfeld, damit sie auf die Trauernden eingehen, sie auf ihrem Weg begleiten und ihnen beistehen, ohne sie zu verletzen.

Sigrid Kofler

Schwangerschaft

Ich merke, dass es dich gibt

Ganz unerwartet
von einem Augenblick zum anderen
wird es mir klar
und ich bin ganz sicher –
ich bin nicht mehr allein.
In mir wächst du!

Unser süßes Geheimnis

Wir erzählen es am Morgen den ersten
Sonnenstrahlen,
wir erzählen es den Blumen im Garten,
wir erzählen es dem vorbeifließenden Bach,
wir erzählen es dem Vogel in der Luft,
wir erzählen es unseren Großeltern, die schon lange im
Himmel sind,
wir erzählen es am Abend dem Mond und den Sternen.
Wir möchten es allen erzählen –
aber es bleibt unser süßes Geheimnis.

Veränderung

Ich nehme die Veränderung meines Körpers wahr,
und ich bin glücklich.
Ich nehme die Veränderung meines Denkens wahr,
und ich bin glücklich.
Ich nehme die Veränderung meiner Seele wahr,
und ich bin glücklich.
Ich nehme eine neue Art des Liebens wahr,
und ich weiß – es ist die Liebe zu meinem Kind.

Es wird wunderbar

Mein ganzes Denken kreist um dich,
ich stelle mir vor, wie es sein wird,
wenn du da bist.
Ich denke an den Augenblick,
an dem ich dich zum ersten Mal im Arm halten werde.
Ich träume davon,
was wir alles gemeinsam erleben werden,
und ich weiß,
es ist wunderbar, dass es dich gibt.

Gemeinsame Freude

Weißt du mein Liebes,
so viele Menschen freuen sich mit uns,
so viele Menschen erwarten dich mit uns.
Viele von ihnen werden dich mit uns begleiten
in deinem Leben,
viele von ihnen werden wichtig sein für dich,
viele werden dich etwas lehren,
und viele werden von dir etwas lernen.

Unsere Spuren

Wir werden gemeinsam wachsen, mein Kleines,
wir werden gemeinsam lachen, mein Kleines,
wir werden gemeinsam weinen, mein Kleines,
wir werden gemeinsam spielen, mein Kleines,
wir werden voneinander lernen, mein Kleines,
wir werden unabhängig voneinander Spuren ziehen,
du deine – ich meine.
Spuren, die ein Stück des Weges gemeinsam haben,
Spuren, die sich irgendwann trennen werden,
die sich aber immer wieder treffen,
und zusammen werden sie ein einmaliges
Muster ergeben,
das Muster unserer Liebe.

Zaghafte Begrüßung

Hallo mein Kleines,
heute hast du mich begrüßt –
ich habe dich zum ersten Mal gespürt,
ganz zaghaft habe ich deine Bewegungen
in mir wahrgenommen,
und ein wunderbares Glücksgefühl durchströmte mich.

Erste Sorgen

Wir beide sind im Krankenhaus,
vorzeitige Wehen haben eingesetzt.
Es ist noch viel zu früh für dich zu kommen.
Angst breitet sich in mir aus.
Ich bete zum lieben Gott,
dass du weiter wachsen darfst.
Mein Kleines, es wird nichts passieren!

Geschafft!

Hallo mein Liebes,
wir haben es geschafft –
es geht uns wieder gut.
Wir werden uns schonen,
wir werden uns nicht überanstrengen,
wir werden viel schlafen ...

Familie

Weißt du was, mein Kleines,
du bekommst den besten Papa der Welt.
Er ist so stolz auf uns beide,
er ist so besorgt um uns beide,
er kümmert sich so rührend um uns beide.
Ich weiß, es wird gut werden mit uns dreien.

Frühling

Es ist Frühling geworden.
Es ist ein besonderer Frühling,
denn es ist der Frühling,
in dem du geboren wirst.

Kleine Wunder

Staunend beobachte ich das Erwachen der Natur.
Ich versuche die kleinen Veränderungen wahrzunehmen,
ich versuche mit Kinderaugen zu schauen
und stelle mir vor,
wie es sein wird,
wenn du all diese kleinen Wunder entdecken wirst.
Wir werden mit dir staunen,
wir werden mit dir den Schmetterlingen hinterher laufen,
wir werden mit dir im Gras liegen und zu den Wolken
schauen.
Wir werden gemeinsam durch den
Frühlingsregen laufen,
und unser Lachen wird wie ein Dank
an den lieben Gott sein.

Geburt

Nur noch wenige Tage

Deine Geburt rückt näher.
Ich kann es kaum erwarten,
dich in dieser Welt willkommen zu heißen.
Ich weiß nicht, wie viele Schmerzen uns erwarten.
Aber hab keine Angst,
wir werden es schaffen – wir drei.
Ich wünsche mir, jeden Moment deiner Geburt ganz
bewusst zu erleben,
und dann, mein Kind,
werden wir alles tun, was in unserer Macht steht,
damit du glücklich wirst.

Mein Gebet

Mein Vater im Himmel,
ich bitte dich,
lass mich den Schmerz ertragen.
Steh uns bei und hilf uns.
Lass uns gute Eltern
für unser Kind sein.
Lass es Geborgenheit finden
in unserer Familie,
und lass uns wachsen mit unserem Kind.

Du bist da

Unsagbar spannend war das Warten auf deine Geburt.
Unsagbar schmerzend war der Moment deiner Geburt.
Unsagbar groß ist das Glücksgefühl nach deiner Geburt.

Wie in unendliche Höhen getragen fühle ich mich.
Noch fällt es mir schwer, das Wunder deines Daseins zu begreifen.
Immer wieder muss ich dich berühren,
um glauben zu können,
dass DU Wirklichkeit bist.
Ein bisher nie gekanntes Gefühl von
bedingungsloser Liebe
für dich, mein Kind,
durchströmt mein ganzes Denken,
und in tiefster Dankbarkeit kann ich beten –
beten und danken.

Glückliche Tage

Mein Mädchen

Du bist so schön, mein Mädchen,
jeder Zug deines Gesichtchens ist mir schon vertraut,
ich atme tief den Duft deiner Haut ein,
unverwechselbar und nie zuvor aufgenommen.
Und in meiner Seele regt sich etwas Neues,
etwas Erhabenes und zugleich Zartes,
und ich spüre die Tränen des Glücks,
die meine Wangen benetzen.

Sei willkommen

Sei willkommen in meinem Leben.
Lass mich dich begleiten.
Zeig mir deine Welt,
jene Welt, die du mit Kinderaugen siehst,
und lass mich mit dir wachsen,
lass mich teilhaben an deinem Leben,
meine kleine Deborah!

Die Zeit hält inne

Nein!

Nie gekannte Angst steigt in mir hoch,
alles um mich herum scheint wie ein Film –
und wir – du und ich – in der Hauptrolle –
und doch ganz unbeteiligt und machtlos.
Wie eine Marionette, die funktioniert,
höre ich mich mit Ärzten sprechen,
mit Menschen, die mir nahestehen –
doch mein ganzes Denken
schreit nur: Du musst leben!

Kampf der Gefühle

Ich ertrage es nicht,
zu wissen, dass du gehen wirst.
Ich möchte die Zeit anhalten,
und dennoch tickt die Uhr.
Ich möchte schreien,
und dennoch kommt kein Laut über meine Lippen.
Ich möchte um mich schlagen,
und dennoch sind meine Muskeln wie lahm.
Nur Tränen fließen unablässig
über meine Wangen.

Abschied

Es bleibt uns keine Zeit,
unsere Träume zu leben.
Nur kurz darfst du bleiben
– zu kurz.
Wir haben das Wunder deines Daseins
noch nicht richtig begriffen,
schon musst du gehen.
Es ist ein bitterer Abschied!
Jeder Augenblick bewusst gelebt
in tiefster Verbundenheit –
unsere innigste Liebe ist es,
die dich begleitet,
unsere innigste Liebe ist es,
die wir dir mitgeben,
unsere innigste Liebe ist es,
die bleibt.

Kostbare Augenblicke

In meinem Arm halte ich dich
Unsere Hände streicheln dich
Und wir wissen: Du wirst gehen!

Abgrundtief ist der Schmerz
Jeder Augenblick kostbar
Und wir wissen: Du musst gehen!

Stumme Gebete zu Gott
Gedachte liebkosende Worte zu dir
Und wir fühlen: Jetzt wirst du gehen!

Deine kleine Hand in unseren großen Händen
Ein Schwur vor Gott: Wir drei sind wie ein Berg!
Und wir lassen dich gehen!

Veränderte Welt

Für einen Augenblick war ich im Paradies,
die Sonne schien heller,
die Farben waren leuchtender,
und alles klang wie wunderbare Musik.
Ganz langsam begann ich zu fallen,
zuerst kaum merkbar,
doch gleich darauf mit rasender Geschwindigkeit,
alles Helle wurde dunkel,
alle Farben verschwanden,
die Welt hat keine Töne mehr,
und ich falle, falle, falle ...

Ohne dich

Gefangen

Unrast –
von einem Raum in den anderen werde ich getragen.
Automatisch bewegen sich meine Muskeln,
nur einige Momente halten sie inne.
Ein Blick aus dem Fenster –
kurz wird mir bewusst,
dass ich meinen weißen Morgenmantel trage –
dann tragen mich meine Füße weiter.
Ich kann nur wenige Augenblicke stillstehen,
und doch ist jeder Schritt eine Qual.
Jeder Schritt führt mich weiter weg von dir.
Ich will weit weg, aber gleichzeitig bleiben.
Ich bin gefangen in mir,
gefangen in dieser Wohnung.
Momente der Wirklichkeit dringen zu mir durch,
Wolfgang schläft noch,
„Gott sei Dank", denke ich.
Immer den gleichen Weg durch die Räume
gehe ich weiter und weiter und weiter.
Unfähig bin ich einen klaren Gedanken zu fassen,
und doch rattern tausend Dinge durch mein Gehirn.
Gefangen von meiner Verzweiflung
setzen meine Füße den Weg fort.
Endlich –
in den Armen meines Mannes kann ich weinen,
und für einen Moment fühle ich mich aufgefangen.

Nie mehr

Nie mehr wird es sein wie bisher,
nie mehr werde ich unbeschwert sein,
nie mehr werde ich mich freuen,
nie mehr werden mich die Gedanken an dich loslassen.

Nie mehr will ich lachen,
nie mehr will ich tanzen,
nie mehr will ich mich freuen,
nie, nie mehr!

Unruhe

Ich halte es nicht lange aus,
am selben Ort zu sein –
Unrast und Unruhe bestimmen mein Leben.
Am schlimmsten ist es in geschlossenen Räumen;
dann treibt es mich hinaus,
ich bewege mich, so dass ich meinen Körper fühle
und meinen Atem höre,
so dass ich den Wind auf meiner Haut spüre,
nur so merke ich, dass ich noch lebe.

Nur noch einmal

Ich spreche mit dir, mein Kind,
ich möchte dich noch einmal in meinem Arm halten,
noch einmal deinen Geruch,
der mir schon so vertraut war,
ganz tief einsaugen,
noch einmal deine kleinen Händchen halten,
weil ich sie jetzt so bräuchte,
weil ich keine Kraft mehr habe,
weil ich selbst wie tot bin.

Lautlos

Tränen fließen von allein über mein Gesicht,
vermischen sich mit dem Regen.
Lautlos ist der Schmerz, ohne jeden Ton,
Ich spüre das Salz auf meinen Lippen,
und der Regen und meine Tränen benetzen dein Grab.

Mein Gott, warum?

Mein Gott, warum hast du mich so alleingelassen?
Warum hast du das zugelassen?
Ist das deine Allmacht, die du mir zeigen willst?
Du hast doch genau gewusst,
durch welche Hölle du mich schickst!
Warum hast du das zugelassen?

Anklage

Mein Inneres ist voller Aufruhr.
Ich klage Gott an,
ich streite mit ihm,
ich frage nach dem Warum,
und trotzdem gehe ich zur Messe.
Und ironischerweise komme ich genau dort
wieder ein bisschen zur Ruhe.

Wie immer

Die Welt dreht sich wie immer,
die Sonne geht auf wie immer,
der Mond steht am Himmel wie immer,
die Tage kommen und gehen wie immer,
aber für uns ist nichts mehr wie immer.

Frühling und Herbst

Mein Blick bleibt an der Friedhofmauer hängen.
Die Sträucher dort oben haben sich verändert.
Gestern war noch Frühling,
jetzt leuchten die Blätter in satten Rot- und Brauntönen.
Es wird nicht mehr lange dauern,
bis sie abfallen.
Es war Frühling, mein Kind, als du kamst,
und es war Frühling, mein Kind, als du gingst,
und es war Frühling, mein Kind,
als meine Bäume die Blätter fallen ließen.

Kälte und Wärme

Ich mache mir oft Gedanken über viele meiner
Mitmenschen.
Es tut weh, zu spüren,
mit welcher Gefühlskälte sie uns begegnen.
Ihr Lachen klingt wie Hohn in meinen Ohren.
Ihre Gleichgültigkeit trifft mich wie Messerstiche.
Konnte ich mich so täuschen in denen,
die mir so nahestanden?

Doch es gibt auch jene,
einige auch, von denen ich mir nichts erwartete,
die einfach ohne viele Worte da sind.
Sie sind mir nahe,
sie halten mich fest,
sie hören mir zu,
sie helfen mir immer wieder aufzustehen.

Für diese wertvollen Menschen bin ich aus tiefstem
Herzen dankbar.

Lebensunfähig

Gedankenverloren und voller Sehnsucht nach dir
sitze ich in einer Bar.
Der Macchiato ist heiß.
Menschen kommen und gehen.
Ich nehme sie kaum wahr,
und doch wundere ich mich,
dass Menschen lachen.
Verzweifelt kämpfe ich gegen meine aufsteigenden
Tränen.
Ich lege das Geld auf den Tisch
und will nur noch fort.
Draußen merke ich,
dass ich vergessen habe, meinen Kaffee zu trinken.

Schnee

Der erste Schnee bedeckt dein Grab,
still und leise ist er über Nacht gekommen –
so still und leise
wie deine Krankheit.
Alles scheint tot.
Doch weiß ich, dass der Schnee schmelzen wird,
dass die Natur nur vorübergehend ruht.
Wäre doch auch dein Tod nur ein vorübergehendes
Ruhen!

Weihnachten 1995

Angst
Ohnmacht
Bitterkeit
Wut
Trauer
Chaos
Wortlosigkeit
Tränen
Unser erstes Weihnachten nach deiner Geburt

Wechselspiel

Nie hätte ich geglaubt,
dass ich so abgrundtiefen Schmerz empfinden kann,
Schmerz, der so tief in mir sitzt,
Schmerz, den ich in seiner Intensität niemals
annähernd erahnen konnte.
Ich merke, wie meine kranke Seele beginnt,
meinen Körper krank zu machen.
In immer kürzeren Abständen
werde ich von Fieberattacken geschüttelt.
Es ist ein einziges Wechselspiel –
ein Wechselspiel zwischen Sich-Aufraffen
und Wieder-zu-Boden-Fallen.

Krank

Wo ist die glückliche Frau, die ich vor einem Jahr war?
Wo ist das Lachen?
Das Glück?
Die Freude?
Eine kranke Seele, ein kranker Körper!
Und ein Teil von mir, der fehlt!
Der Schmerz!
Ich kann ihn nicht beschreiben,
aber dieser Schmerz – er drückt mich zu Boden!

Für meinen Mann

Zerstörung?

Wir haben die gemeinsame Frucht unserer Liebe verloren.
Sollten wir nicht gemeinsam trauern?
Gemeinsam weinen?
Gemeinsam über unser Kind sprechen?
Immer mehr entfernen wir uns voneinander,
gehen ganz verschieden mit unserer Trauer um.
Ich bin versucht, dir Oberflächlichkeit vorzuwerfen,
ich kann deine Gefühle nicht mehr wahrnehmen.
Und doch – ganz selten erkenne ich auch in deinen Augen
diesen unsagbaren Schmerz, der uns zu zerstören droht.

Verletzt

Du sagst mir, dass du meine Tränen nicht mehr aushältst.
Du sagst mir, dass ich wieder leben soll.
Du sagst mir, dass ich loslassen soll.
Du sagst mir, dass ich akzeptieren soll.
Ich weiß, dass du Recht hast,
und trotzdem verletzen mich deine Worte.

Begreifen

Heute habe ich etwas Grundlegendes verstanden:
Du musst deine Trauer leben
und ich meine Trauer.
Es gibt keinen gemeinsamen Weg,
wir können uns helfen und stützen,
doch letztlich muss jeder von uns beiden
den Weg auf seine Art gehen.

Wachrütteln

Immer öfter merke ich,
dass dein Schmerz nicht kleiner ist als der meine,
dass das, was ich als Gleichgültigkeit interpretiert habe,
deine Art ist, für mich stark zu sein,
dass du deine Gefühle vor mir verschließt –
aus Angst, dass ich deine Verzweiflung merken könnte.
Doch deine Tränen, die du so lange nicht geweint hast,
helfen mir zu verstehen,
und deine Tränen haben mich aufgeweckt,
ich will kämpfen, ich will leben!
Gemeinsam mit dir!

Erster Lichtschimmer

Wie ein Baum ohne Krone,
dem man sein Blätterdach genommen hat,
der bis in seine innerste Seele blutet
ob dem Wissen,
dass es einmal anders war –
damals,
als die Sonnenstrahlen tausend Schattierungen im Wechsel der Tageszeiten zauberten,
damals,
als der Wind die Blätter zum Rauschen brachte und wunderbare Geschichten erzählte.

Ja, so fühle ich mich.
Jetzt
wirft das Sonnenlicht nur mehr einen langen beängstigenden Schatten seines kahlen Stammes.
Jetzt
ruft der Wind nur noch Kälte und Angst hervor,
und die Geschichten, die er einmal erzählte,
sind zu einem dumpfen Pfeifen geworden.

Und dennoch,
so wie ein einziges Blatt an diesem Stamm
sich der Sonne entgegenstreckt
und der Beginn einer anderen Krone ist,
erahne ich tief in mir
etwas noch ganz Kleines und Verletzliches,
das vielleicht ein ganz neuer Anfang sein wird,
etwas, das kämpfen und leben will,
etwas, das nicht aufgeben will.

Wo bist du?

Wo bist du mein Kind?
Ich spüre ganz zart deine Nähe.
Ich horche in mich hinein.
Kann mein Gefühl mich täuschen?
Ist es Wahn oder Wirklichkeit?
Kannst du bei mir sein
und doch fort?

Ohne zu wollen

Ich ertappe mich immer wieder dabei,
mich über irgendetwas zu freuen.
Fast gegen meinen Willen
fange ich an, wieder teilzunehmen
am Leben um mich her.

Mein Kind ...

Mein Kind,
wenn ich lache, heißt das nicht,
dass ich dich vergessen habe.

Mein Kind,
wenn ich einen Augenblick nicht an dich denke,
heißt das nicht,
dass ich dich vergessen habe.

Mein Kind,
lass mich spüren, dass es dir nicht weh tut,
wenn ich beginne, wieder zu leben.

An deinem Grab

An deinem Grab
hole ich mir die Kraft, um zu leben,
dort fühle ich mich dir ganz nahe,
dort spüre ich deine Nähe am meisten,
dort verweile ich im Zwiegespräch mit dir,
dort begreife ich ganz langsam,
dass es auf meine vielen Fragen keine Antwort gibt,
dort verstehe ich, dass deine Geburt und dein Tod
Teil meines Lebens sind, den ich annehmen muss,
und dort spüre ich,
du willst,
dass ich lebe.

Atempausen

Die Abstände,
in denen mich der Schmerz zu Boden drückt,
werden länger,
es gibt immer wieder gute Tage.
Ich weiß, dass mein Weg erst begonnen hat,
aber ich bin sicher, dass ich ihn weitergehe.

Zweifel

Ich beschäftige mich viel mit dem Leben nach dem Tod,
es gibt Momente, in denen ich daran glaube,
dann kommen wieder diese Zweifel –
ja, und dann ist es so schwer,
weiterzugehen.

Nur ein Traum?

Im Traum war ich weit fort.
Eine Glastür, nur einen Spalt geöffnet,
und jemand sagte mir:
Ja, deine Kleine ist hier und es geht ihr gut,
aber für dich ist es noch nicht an der Zeit,
durch diese Tür zu gehen.

Ich erwache und sehe alles so klar vor mir.
Nur ein Traum?

Loslassen

Es wird das zweite Weihnachtsfest werden
ohne dich und doch mit dir.
Ich bin sicher,
dass du irgendwo beim lieben Gott weiterlebst
und dennoch immer in meiner Nähe bist.

Ich spüre eine Kraft in mir,
die mich lange Zeit getragen hat,
als ich allein nicht mehr gehen konnte,
und die mir jetzt hilft,
nach vorne zu schauen.

Mein Glaube an Gott ist anders geworden,
tiefer und stärker.
Er allein weiß um das WARUM,
und ich habe aufgehört, es wissen zu wollen.
Ich weiß,
dass oft in meinem Leben Momente kommen werden,
in denen der Schmerz so tief wie am ersten Tag sein
wird,
ich weiß aber auch,
dass er wieder vergeht und mich nicht mehr fesselt.

Die Liebe zu dir, mein Kleines, wird immer bleiben,
aber es ist eine Liebe, die loslassen kann
und dadurch nicht kleiner wird.

Ich bin dankbar für die Zeit mit dir,
für die Schwangerschaft,
für deine Geburt,
für die vielen Träume, die ich für uns geträumt habe,
für die tiefe Liebe, die ich durch dich erfahren durfte,
für deine Taufe,
für die Tage deiner Krankheit,
in denen wir bewusst Abschied nehmen durften,
und dafür,
dass wir dich in unseren Armen halten durften,
als du gingst.
Ich liebe dich.

Unser Stern

Wieder stehe ich am Fenster,
wie gebannt schaue ich in den klaren Nachthimmel.
Schnell finden meine Augen unseren Stern,
ich brauche nicht zu suchen.
Dieser helle Stern – dort oben,
ja dort bist du, mein Kind.
Es ist unser Stern,
denn dort bist du, kleine Deborah,
du bist dort und doch bei mir.

Liebe über Grenzen

Bedingungslose Liebe fühlte ich –
vom ersten Augenblick an.
Liebe für dich, mein Kind;
nie wird sie aufhören,
denn sie ist das Band, das nie reißt –
das Band zwischen uns dreien.

Immer bei uns

Wir liegen auf den Liegestühlen am Schwimmbecken
und schauen in den Sternenhimmel.
Suchend gleiten unsere Blicke umher –
es bedarf keiner Worte.
Nach einiger Zeit rufen meine beiden Kinder glücklich:
„Mama, wir haben den Deborah-Stern gefunden."
„Ja", denke ich,
„sie ist immer in unserer Nähe."

Schwanger

Es war ein Donnerstag im September 1994. Nach dem Mittagessen stand ich auf dem Balkon. Das Wetter war nicht ganz so klar wie in den Tagen zuvor, dennoch nahm der Himmel dieses tiefe Blau an, das für den Herbst bei uns so typisch ist. Der Anblick der scharfen weißen Konturen der Bergspitzen und der sich verfärbenden Blätter zogen mich einige Zeit in ihren Bann und fast verfiel ich ins Träumen.

Doch schnell fand ich mich in der Wirklichkeit wieder und mir wurde bewusst, dass ich mich beeilen sollte. In zwei Tagen würde mein Bruder heiraten und wir alle freuten uns auf die Hochzeit.

Während ich mich schnell umzog, überlegte ich, in welcher Reihenfolge ich die anfallenden Arbeiten des Nachmittags erledigen würde. Ich hatte noch jede Menge Kleinigkeiten zu besorgen, die Vorbereitung für den morgigen Unterricht zu machen und spätestens um 19 Uhr würde mein Mann zum Essen daheim sein.

Noch während ich in Gedanken bei meinen morgigen Unterrichtsstunden war, saß ich schon im Auto.

Am späten Nachmittag, ich hatte bereits alles erledigt und war auf dem Weg zum Auto, traf ich einen Freund. Gerne ließ ich mich von ihm auf einen Kaffee einladen. Ich bestellte und als mir der Kaffeegeruch in die Nase stieg, stockte ich einen Augenblick im Gespräch, da mich der sonst so geliebte Duft irgendwie anekelte. Wie ein Blitz durchfuhr mich der Gedanke: „Du bist schwanger!“ Ich zwang mich, den Macchiato langsam zu trinken, unterhielt mich weiter, war aber mit meinen Gedanken nicht so richtig bei der Sache. Froh, dass wir endlich die Bar verließen, verabschiedete ich mich schnell. Meine Gedanken überschlugen sich. Mit einer unumstößlichen Sicherheit sagte mir mein Gefühl, dass ich schwanger war. Andererseits sagte mir mein Verstand, dass das nicht möglich war.

Erst vor einem Monat hatte mir der Arzt erklärt, dass ich auf normalem Weg nicht schwanger werden konnte. Wir waren ein knappes Jahr verheiratet, rundum glücklich und wünschten uns ein Kind. Die Eröffnung des Arztes war daher ein Schock für mich. Mein Mann war es, der mich wieder auf den Boden zurückholte. Und so beschlossen wir abzuwarten und zu einem späteren Zeitpunkt die Ursachen genauer abklären zu lassen und uns dann eventuell in ärztliche Behandlung zu begeben. Ich war zuversichtlich, dass es irgendwann klappen würde, und für den Moment hatten wir das Thema Zuwachs abgeschlossen. Nach dieser ärztlichen Diagnose hatte ich entschieden, die 1. Klasse zu übernehmen, da ich sicher war, das Schuljahr abschließen zu können. Jetzt aber war ich völlig verwirrt. Ohne zu überlegen, machte ich mich auf den Weg in die nächste Apotheke und kaufte einen Schwangerschaftstest. Auf dem Heimweg kreisten meine Gedanken um weitere Anzeichen einer möglichen Schwangerschaft, die ich vielleicht nicht beachtet hatte. Nein, bis auf dieses Gefühl beim Kaffeegeruch war da nichts.

Als ich heimkam und den Test gemacht hatte, hatte ich schnell Gewissheit, mein Gefühl hatte mich nicht getäuscht. Ich schwebte in einem Strudel von Gefühlen und wartete ungeduldig, bis mein Mann heimkam.
Als ich ihm sagte, dass er Papi werden würde, war seine Freude riesengroß. In dieser Nacht haben wir beide lange nicht geschlafen. Gemeinsam träumten wir von unserer Zukunft mit unserem Kind. In der folgenden Woche ging ich zum Arzt und der Geburtstermin wurde für den 28. Mai errechnet.
Ich schwebte auf Wolke sieben. Ich schrieb kurze Texte an und für mein Kind in mein Tagebuch. Ich wollte, dass es später einmal nachvollziehen konnte, welche Gefühle ich in Erwartung seiner Geburt hatte. Irgendwann, wenn dieses kleine Wesen groß sein würde, würde ich ihm diese Texte zu einem gegebenen Anlass schenken.

Wir, mein Mann und ich, genossen es, dass nur wir beide von der Schwangerschaft wussten, und für kurze Zeit haben wir es niemandem gesagt. Oft trafen sich unsere Blicke, und wir wussten, was der andere gerade dachte.

Eine Sorge hatte ich von Anfang an im Hinterkopf. Zweieinhalb Monate vor Schulschluss würde ich in Schwangerschaftsurlaub gehen. Ich liebe meinen Beruf und das Wohl meiner Schüler liegt mir sehr am Herzen. Mir war klar, dass ein Lehrerwechsel in einer ersten Klasse nicht gut ist. Ich hatte Angst vor der Reaktion der Eltern und meiner Kollegen. Ich überlegte, ob ein Wechsel der Fächerkombination drei Wochen nach Schulbeginn noch möglich war. An einem Nachmittag Ende September stand ich vor der Tür meiner Kollegin. Sie merkte sofort, dass etwas nicht stimmte. Weinend erzählte ich ihr von meiner Schwangerschaft und unterbreitete ihr den Vorschlag, die Fächer zu tauschen, so dass ich weniger Stunden in der Klasse war. Als sie hörte, dass ich erst Ende März in Urlaub gehen würde, lachte sie und ich erinnere mich heute noch an ihre Worte: „Freu dich auf dein Kindlein und mach dir keine Sorgen um die Schule. Bis Ende März ist das Wichtigste schon gelaufen." Mir fiel ein Stein vom Herzen, als sie so positiv reagierte, denn sie war nicht nur meine Kollegin, sondern auch die Mutter eines Schülers.

Die folgende Zeit war wunderschön. Mir war kaum übel und ich genoss die Veränderung meines Körpers, aber ich spürte auch eine Veränderung in meinem Inneren. Ich genoss die Zeit und oft verfiel ich in Tagträume. Ich malte mir unsere Zukunft als kleine Familie in den buntesten Farben aus.

Ziemlich schnell begann sich mein Bauch zu wölben und ich freute mich unsagbar darüber. Endlich war da etwas Sichtbares, das mir bestätigte, dass ich ein neues Leben in mir trug. Ich machte mir niemals Sorgen um meine

Figur, für mich war diese körperliche Veränderung etwas Wunderbares.
Ich strahlte eine vorher nie gekannte Ausgeglichenheit aus, die meinem Umfeld nicht verborgen blieb.
In meiner Seele wuchs ich langsam zur Mutter heran, und ich bemerkte die Veränderung in meinem Denken. Ab und zu beschäftigten mich in dieser Zeit Gedanken, ob ich der großen Verantwortung, ein Kind zu erziehen, gewachsen sein würde. Und dabei kam ich mir jedes Mal sehr unwissend vor. Dann aber war ich schnell wieder zuversichtlich. Seit unendlich langer Zeit haben Frauen ihren Kindern das Leben geschenkt, ohne vorher eine Ausbildung im „Muttersein" gemacht zu haben. Wieso also sollte gerade ich dieser Herausforderung nicht gewachsen sein?

Am Christtag 1994 saß ich gerade mit meiner Mutter zusammen, als ich plötzlich das Gefühl hatte, etwas schwimme durch meinen Bauch. „Du hast zum ersten Mal dein Kind gespürt", lachte meine Mutter. Die Bindung zu meinem Baby wurde noch enger und von Woche zu Woche spürte ich die Bewegungen stärker.
Ab Ende Jänner spürte ich immer öfter ein Ziehen im Unterbauch. Ich nahm das als völlig normales Zeichen meiner fortschreitenden Schwangerschaft hin. Für mich waren es die ersten Unannehmlichkeiten, die ich aber gerne in Kauf nahm. Als ich meiner Schwägerin bei einem Abendessen mit Freundinnen davon erzählte, machte sie mir klar, dass ich sofort ins Krankenhaus müsse. Laut ihr hatte ich vorzeitige Wehen. „Wehen in der 23. Woche!", schoss es mir durch den Kopf. „Mein Kind ist noch nicht lebensfähig." Am nächsten Morgen fuhr ich sofort ins Krankenhaus und wurde stationär aufgenommen. Tiefe Angst hatte sich in mir ausgebreitet und obwohl mich die Ärzte beruhigten und eine Frühgeburt ausschlossen, weinte ich die ganze Zeit und kam fast um vor Sorge. Als die wehenhemmenden Medikamente wirkten, kam ich

langsam wieder zur Ruhe. Nach fünf Tagen wurde ich entlassen, durfte aber für die nächsten drei Wochen nicht arbeiten. Ich merkte selbst, dass jede Anstrengung zu viel war, und schonte mich, so gut es ging. In dieser ärztlich angeordneten Ruhephase habe ich viel über die Geburt gelesen und mich innerlich darauf vorbereitet. Viele Arbeiten im Haushalt erledigte mein Mann und er umsorgte mich rührend. Ich genoss es und ließ mich ganz auf mein Kind ein. Die Besuche beim Arzt bestätigten, dass alles in Ordnung war, und ich nahm meine Arbeit wieder auf.

Als ich am 28. März in Schwangerschaftsurlaub ging, verließ ich weinend das Schulhaus. Es ging mir gut und ich hätte gerne noch einige Zeit weitergearbeitet. Ich konnte mir nicht vorstellen, ohne Schule zu leben. Für diese Gedanken habe ich mich später oft geschämt und ich machte mir Vorwürfe, dass ich die Schule in diesem Augenblick scheinbar wichtiger nahm als mein Kind.
Wider Erwarten gewöhnte ich mich schnell daran, nicht mehr zu arbeiten, und wir, mein Mann und ich, begannen der Geburt entgegenzufiebern.
Manchmal überlegten wir uns Namen für unser Kind und fragten uns immer wieder, ob es ein Junge oder ein Mädchen werden würde.
Ich fühlte mich fit und begann die Wohnung gründlich zu putzen. So etwas wie ein Nestinstinkt machte sich in mir breit. Keine Arbeit war mir dafür zu anstrengend und Mitte Mai hatte ich das Gefühl, alles vorbereitet zu haben.

Geburt

Am 19. Mai wachte ich um 6 Uhr morgens auf. Ein leichtes Ziehen im Unterleib hatte mich geweckt. Ich schaute auf die Uhr und nach etwa zwanzig Minuten kam es wieder. „Wehen“, dachte ich.
Ich stand auf und frühstückte mit meinem Mann, der zur Arbeit musste. Wir nahmen das beide ganz locker, und ich versprach ihm, mich sofort zu melden, falls es schnell ging, damit er bei der Geburt dabei sein konnte.
Als mein Mann gegangen war, wischte ich die Böden, damit auch alles in Ordnung war, wenn ich zur Entbindung musste. Die Abstände der Wehen blieben den ganzen Vormittag über gleich und ich in meiner Unerfahrenheit dachte, dass Wehen eigentlich gar nicht so schlimm seien. Nach dem Mittagessen wurden die Abstände der Kontraktionen kürzer. Als ich ins Krankenhaus kam, war für mich klar, dass ich dableiben musste und mein Baby bald zur Welt kommen würde. Aber weit gefehlt! Nach einem CTG sagte man mir, das könne noch dauern, und da ich nicht weit entfernt wohnte, durfte ich heimgehen. Wenn die Wehen stärker würden, sollte ich wiederkommen. So war das also! Ich hatte mir das alles wohl etwas einfach vorgestellt. Ich fuhr zu meinen Eltern und gegen Abend bekam ich eine Ahnung davon, was wirkliche Wehen sind. Zum Lachen war mir nicht mehr, aber dennoch wollte ich mir dieses Mal Zeit lassen. Mein Mann holte mich ab und ich nahm zuhause ein Bad. Erst gegen elf Uhr fuhren wir ins Krankenhaus. Nun war für mich klar, dass bald alles vorüber sein würde. Aber auch dieses Mal hatte ich mich getäuscht. Bis fünf Uhr morgens hatte ich – so empfand ich es – starke Wehen, aber nichts ging weiter. Ich war erschöpft und man verabreichte mir eine Spritze. Daraufhin fand ich etwas Schlaf. Bei der Untersuchung am nächsten Morgen sagte man mir, man wolle bis zu Mittag abwarten. Sollten die Kontraktionen

bis dahin nicht wieder einsetzen, dürfe ich heimgehen. Als ich zurück in mein Zimmer wollte, überrollte mich die erste Wehe. Aber auch Stunden später hatte sich der Muttermund nicht geöffnet. So musste ich bei jeder Wehe aus dem Bett steigen und mein Becken kreisen, damit das Köpfchen in den Geburtskanal rutschte. So kompliziert hatte ich mir eine Geburt nicht vorgestellt.

Erst gegen Abend brachte man mich in den Kreissaal. Es sollte noch einige Stunden dauern, aber das wusste ich nicht. Für mich gab es keine Zeit und keinen Raum mehr. Mein Mann war mir nahe, und das half mir sehr. Auch die Hebamme betreute mich liebevoll. Um 22.20 Uhr kam unser kleines Mädchen zur Welt.

Ich war nicht annähernd auf die Intensität der Gefühle gefasst, die in diesem Moment über mich hereinbrachen. Der Tränenstrom wollte nicht versiegen und das Glücksgefühl, das ich empfand, kann ich nicht beschreiben. Vergessen waren die Schmerzen, und mein Mann und ich nahmen kaum etwas um uns herum wahr. Nichts außer dem Kind in unseren Armen erreichte unser Denken und Fühlen. Immer wieder flüsterte ich: „Mein kleines Mädchen."

„Ich habe dich noch nie so sehr geliebt wie jetzt", flüsterte mein Mann mir zärtlich ins Ohr und löste damit einen weiteren Tränenstrom des Glücks aus. Leise flüsterte ich ihm zu: „Deborah?", und er nickte stumm. Gemeinsam sprachen wir den Namen zum ersten Mal laut aus. Immer wieder streichelten wir sie und nahmen jeden ihrer Gesichtszüge in uns auf. Wie in Trance nahmen wir die Glückwünsche des Krankenhauspersonals entgegen. Ein Satz klingt mir bis heute nach. „Herzlichen Glückwunsch! Sie haben ein gesundes Mädchen."

„Sie ist gesund und alles ist gut gegangen", dachte ich und empfand eine nie gekannte Dankbarkeit. Irgendwann, ich weiß nicht mehr, wie spät es inzwischen war, fuhr mein Mann heim. Ich konnte nicht schlafen, und immer wieder musste ich meine kleine Deborah berühren und streicheln. Alles erschien mir wie ein Wunder. *Heute bin ich unendlich dankbar für die lange Geburt und die Zeit, die mein Mann und ich anschließend ganz eins mit unserem Kind waren. Ich nehme es als wunderbares Geschenk Gottes. Nicht alle Eltern, die ein Kind verlieren, haben das Glück, dass ihnen ein bisschen unbeschwerte Zeit mit ihrem Kind beschert ist. Ich habe die Stunden der Geburt tausende Male in Gedanken erneut durchlebt, und irgendwann, lange Zeit nach ihrem Tod, verspürte ich dabei wieder einen Teil des Glücks, das ich damals empfand.*

Der folgende Tag, ein Sonntag, war ein wunderschöner Frühlingsmorgen. Vom Fenster meines Krankenhauszimmers aus sah ich ein gelbes Meer von Löwenzahnwiesen. Heute noch denke ich bei jeder blühenden Löwenzahnwiese an meine Kleine.

Viele Jahre lang erfüllte mich im Mai der Anblick dieses schier endlosen gelben Farbenmeeres einfach nur mit tiefer Traurigkeit. Irgendwann funktionierte meine Verdrängungsstrategie und es gelang mir recht gut über die blühende Pracht zu schauen, ohne sie wirklich wahrzunehmen. Erst in den letzten zwei Jahren habe ich mich über diese Frühlingsboten wieder wirklich freuen können und es scheint mir so, als ob jede Blüte mir entgegenlache.

Unser erster glücklicher Tag im Krankenhaus verging und es schien mir wirklich, dass sich die ganze Welt mit uns freute. Unzählige Telefonanrufe von Freunden und Bekannten nahm ich an diesem Tag entgegen. Ich fühlte mich gut und die Entbindung hatte mir nicht viel angehabt.
Während der Besuchszeit wurde meine Kleine in das Säuglingszimmer gebracht, ansonsten war sie bei mir.
Beim Besuch meiner Eltern war es erneut um meine Fassung geschehen und ich fiel ihnen überglücklich in die

Arme. Oft hat mir mein Vater später erzählt, wie froh und zufrieden er und meine Mutter damals nach Hause gefahren sind. Sie waren einfach froh, dass ich und unser Kind gesund und wohlauf waren. Ich erinnere mich auch daran, dass die Säuglingsschwestern versuchten, unserem Baby Frisuren zu machen. An jenem Sonntag brachten sie Deborah ins Zimmer zurück und hatten ihre vielen schwarzen Härchen oben am Kopf hochgekämmt. Ich schwelgte in meinem Glück und fand mein Baby wunderschön. Jedes Mal, wenn ich Deborah anlegte, saugte sie kräftig, und ich fand, dass wir beide das wunderbar hinkriegten. Sie weinte kaum und schlief sehr viel. Ich war stolz, ein so braves Mädchen zu haben.

Erste Sorgen

Am Montag arbeitete mein Mann wieder und alles lief bestens. Ich bekam viel Besuch und freute mich, anschließend meine kleine Deborah wieder bei mir zu haben. Als ich sie an die Brust legte, gelang es ihr nicht, zu saugen. Die Säuglingsschwester versuchte uns zu helfen, aber ohne Erfolg. Daraufhin brachte sie die Kleine ins Säuglingszimmer, um ihr etwas Glukoselösung einzuflößen. Mich regte das nicht weiter auf und ich dachte, dass so was wohl öfter vorkomme.
Erst als sie mein Baby längere Zeit nicht zurückbrachten, wurde ich unruhig. Ich kann mich nicht mehr erinnern, ob es der Kinderarzt oder eine Krankenschwester war, die mir erklärte, dass eine kleine Störung aufgetreten war. Aus diesem Grund wollte man mein Mädchen genau beobachten und ihr eine Infusion geben. Man vermutete eine Entzündung, die von der Geburt herrührte. Ich war voller Sorge, aber man beruhigte mich und versicherte mir, dass kein Anlass dazu bestehe und dass es in keiner Weise etwas Schwerwiegendes sei.

Als mich am Abend meine Freundin und ihre Mutter besuchten, beruhigten sie mich. Als die Schwester Deborah ans Glasfenster legte, hatten sie ihr einen kleinen weißen Handschuh über das Händchen gezogen, so dass man die Infusionsnadel nicht sah. Sie schien ganz ruhig und schlief und dennoch flossen mir unaufhörlich Tränen über die Wangen. Abermals beruhigte mich die Mutter meiner Freundin, die selbst sieben Kinder geboren hatte. „Sieh doch, sie schaut aus wie das blühende Leben. Morgen ist es bestimmt vorbei."
Auch mein Mann versuchte mich zu beruhigen, aber ich konnte in dieser Nacht nicht richtig schlafen. Immer wieder döste ich vor Müdigkeit ein, um wenig später erneut hochzuschrecken. Obwohl ich mir doch keine Sorgen

machen sollte, plagte mich ein Gefühl der inneren Unruhe, das mich daran hinderte, etwas erholsamen Schlaf zu finden. Immer wieder wälzte ich mich im Bett, schaute auf die Uhr und versuchte, mich selbst zu beruhigen.
Irgendwann hielt ich es nicht mehr aus und ging ins Säuglingszimmer. Die diensthabende Schwester war sehr nett und nahm sich Zeit, mit mir zu reden. Ihre ruhige Art tat mir gut, und sie schaffte es, mir meine scheinbar doch unbegründete Angst zu nehmen. Deborah war ganz ruhig. Recht zuversichtlich ging ich zurück ins Bett und fand endlich etwas Schlaf.

Unser dritter Tag nach der Geburt

Am nächsten Morgen, es war Dienstag, erwartete ich mir, dass sie mir mein Kleines ins Zimmer bringen würden. Stattdessen kam der Kinderarzt. Ich kann mich nur an einen einzigen Satz erinnern. „Der Zustand ihres Kindes hat sich verschlechtert. Wir bringen es vorsichtshalber nach Bozen, da es dort bessere Diagnosemöglichkeiten gibt." Ich weiß nicht mehr, ob ich geweint habe oder ob ich in dem Moment überhaupt reagiert habe – ich kann mich an diesen Vormittag nur bruchstückhaft erinnern. Ich kann mich an ein kurzes Telefongespräch mit meiner Mutter erinnern, an einen Anruf bei der Firma, in der mein Mann beschäftigt war, er solle so schnell wie möglich ins Krankenhaus kommen.
Irgendjemand sagte mir, der Hubschrauber würde bald kommen und dass auch ich mit dem Krankenwagen nach Bozen gebracht würde. Ich glaube, es war gegen elf Uhr, als ich auf die Säuglingsstation ging.

Noch heute frage ich mich, was oder wer mich davon abgehalten hat, nicht schon früher zu meinem Kind zu gehen. So sehr ich mich auch anstrenge, diese fehlenden Stunden in meinem Gedächtnis zu finden, es gelingt mir nicht. Es ist wie ein Vakuum – gähnende Leere! Vielleicht stand ich unter Schock, vielleicht habe ich bewusst jegliche Realität verdrängt – ich kann es einfach nicht sagen.

Als ich die Säuglingsstation betrat, schoben gerade mehrere Menschen einen Inkubator auf die Station. Während mein Baby für den Transport vorbereitet wurde, schüttelten mich Weinkrämpfe, und die anwesende Hebamme gab mir irgendwelche homöopathischen Globuli zur Beruhigung. Auch hier sind mir nur einige kurze Gesprächsfetzen in Erinnerung geblieben. „Muss ich Angst haben,

dass sie stirbt?“ „Nein, ganz sicher nicht. Es ist eine reine Vorsichtsmaßnahme. In Bozen haben sie viel bessere Geräte zu einer sicheren Diagnose.“
Wie ohnmächtig stand ich da und beobachtete das Krankenhauspersonal, das sich um Deborah kümmerte. Ich war mitten im Geschehen, und dennoch trennte mich die Angst, etwas falsch zu machen, wie eine Mauer von meinem Kind. Ich hatte nicht den Mut, zu sagen: „Ich möchte sie in den Arm nehmen!“, und doch war es das Einzige, was ich in diesem Augenblick wollte. Eine junge Kinderärztin aus Bozen war es dann, die vor dem Transport sagte: „Wartet, lasst die Mama ihr Baby noch in den Arm nehmen.“ Dankbar für diese so menschliche Geste nahm ich Deborah zu mir. Meine Tränen tropften auf ihr Gesichtchen und ich versprach ihr, sie nicht lange allein zu lassen und schnell wieder bei ihr zu sein. Ich weiß nicht mehr, was die Ärztin zu mir sagte, aber ich empfand großes Vertrauen zu ihr und übergab ihr mein Kind.
In meinen Ohren höre ich noch den startenden Hubschrauber, und während sich dieses Dröhnen entfernte, konnte ich nur eines denken: „Sie haben mir mein Baby genommen!“
Auch die nächsten zwei Stunden sind aus meinem Gedächtnis gelöscht. Ich habe keine Erinnerung mehr daran, wie ich zurück in mein Zimmer gekommen bin, und auch nicht daran, was ich tat, bis auch ich meine Sachen packte. Ich weiß, dass mein Mann da war, aber ich weiß nicht, wie lange und über was wir gesprochen haben, oder ob wir überhaupt etwas gesagt haben.

Mein Mann fuhr heim, um sich umzuziehen, und kam dann wieder. Die Besuchszeit hatte gerade begonnen; meine Mutter und meine Cousine waren da. Ich hatte kaum Zeit, mit ihnen zu reden, da der Krankenwagen schon auf mich wartete. Alle sprachen uns Mut zu und wir fuhren los, mein Mann allein mit unserem Auto und ich im Krankenwagen. Wie gerne wäre ich mit meinem

Mann gefahren, hätte mit ihm gesprochen. Sicher wäre das möglich gewesen, aber damals habe ich nicht einmal den Versuch gemacht, danach zu fragen. Und es war niemand da, der das von sich aus in Erwägung gezogen hätte. Ich tat alles, was mir gesagt wurde, ohne einen Augenblick etwas in Frage zu stellen oder über meine eigenen Bedürfnisse zu sprechen.

Auch von dieser gut hundert Kilometer langen Fahrt ins Bozner Krankenhaus ist mir nichts in Erinnerung geblieben, bis auf eine wunderbar blaue Glockenblumenwiese neben der Straße – etwa auf halber Strecke. Ich nahm es damals als gutes Omen, so etwas Schönes konnte nur Glück bringen.

Erste Diagnose und Verweigerung

Irgendwann, ich hatte das Gefühl, schon das ganze Krankenhaus abgeklappert zu haben, kam ich endlich auf die Säuglingsintensivstation. Mein Mann wartete bereits auf mich und war im Gespräch mit dem Primar und mit der Kinderärztin, die ich vom Vormittag kannte. Das, was sie uns zu sagen hatten, war wie ein Peitschenhieb mitten ins Gesicht. Dennoch ging von diesen beiden Menschen eine große vertrauenseinflößende Ruhe aus. Ich denke oft, ihre Menschlichkeit, ihre Ehrlichkeit war es, die verhinderte, dass ich nicht auf der Stelle zusammenklappte.

Sie vermuteten eine Stoffwechselkrankheit, bei der das Eiweiß nicht abgebaut wird, was zu einer Vergiftung des Körpers führt. Sie nannten auch den medizinischen Namen für diese Krankheit, „Hyperammonämie", was uns überhaupt nichts sagte. In leicht verständlichen Worten erklärten sie uns, wie sich diese Krankheit äußert.

Das Fehlen eines Enzyms in der Leber führt dazu, dass das dem Körper zugeführte Eiweiß nicht aufgespalten wird. Die Folge davon ist eine Vergiftung des Körpers durch einen zu hohen Ammoniakgehalt im Blut.

„Das Eiweiß, das sie über meine Milch zu sich genommen hat!", war mein erster Gedanke.

Die Überführung in die Pädiatrie nach Padua war bereits in die Wege geleitet und der Hubschrauber wartete schon. Nur dort war es möglich, einen Blutaustausch zu machen, der, sollte die Diagnose bestätigt werden, sofort gemacht werden musste.

„Was ist das Schlimmste, das uns erwarten kann?", fragte ich irgendwann. „Es kann sein, dass ihr Baby die nächsten Tage nicht überlebt", war die Antwort. Ich habe nicht geschrien, ich glaube, ich habe überhaupt nicht reagiert. Ich weiß nicht einmal, ob ich in diesem Moment geweint

habe. Wir haben Deborah nur in unseren Armen gehalten, zu ihr gesprochen, ihr versichert, dass wir es schaffen würden. Vielleicht hat es Minuten gedauert, vielleicht auch länger. Ich hatte kein Zeitgefühl mehr. Die Menschen um uns herum kümmerten sich um uns, sprachen unser Kind beim Namen an, und trotz der schrecklichen Situation war so etwas wie Geborgenheit da. Es zerriss mir fast das Herz, als sie fortgebracht wurde. Ich war doch ihre Mama, ich wollte sie doch beschützen. Sie brauchte doch meine Stimme, meine Nähe, so wie ich sie brauchte.
Dann ging alles sehr schnell, und noch bevor ich wirklich begriffen hatte, war mein Kind auf dem Weg nach Padua.

Ich sagte den Ärzten, dass ich nicht in Bozen bleiben würde, wenn mein Baby nicht da war. Ich wollte nur heim. Nach einem Gespräch mit den Gynäkologen legte man mir nahe, noch im Krankenhaus zu bleiben. Auch das nahm ich widerstandslos hin, wollte aber zurück ins Krankenhaus, in dem Deborah zur Welt gekommen war, um näher bei meinem Zuhause zu sein.
Zusammen mit meinem Mann fuhr ich am späten Nachmittag zurück. So konnten wir zusammen sein und hatten uns gegenseitig. Noch konnten und wollten wir beide nicht ins Auge fassen, dass unser Kind sterben könnte. Wir waren füreinander stark, er für mich und ich für ihn. Auf dem Rückweg fuhren wir zu meinen Eltern. Wenn ich daran zurückdenke, glaube ich, es war ein unbewusstes Suchen nach etwas Normalität fernab von sterilen Zimmern und Gängen. Wir saßen am Tisch in der Küche und wir schafften es sogar, irgendetwas zu essen. Irgendwie spürte ich, dass ich mit meinen Kräften haushalten musste, und gemeinsam mit meinen Nächsten fiel es leichter, eine Mahlzeit einzunehmen. Ich kann mich nicht erinnern, was wir genau gesprochen haben, aber niemand von uns wollte zu diesem Zeitpunkt das Wort „Tod“ in den Mund nehmen. Ich selbst schon gar nicht, weil ich mich schlichtweg weigerte, den Tatsachen ins Auge zu

sehen und die Möglichkeit des Sterbens in Betracht zu ziehen. Für mich war es einfach so, dass ich wollte, dass unser Kind lebt.
Ich kann mich an die Nähe meiner Eltern erinnern und an die Hände meines Vaters, die mich immer wieder streichelten und mich etwas zur Ruhe brachten.
Erst am Abend kehrte ich ins Krankenhaus zurück. Ich weiß nicht mehr, ob ich in der Nacht wach lag oder vor Erschöpfung schlief. Ich erinnere mich an Gespräche, in denen es um Abstillmedikamente ging. Immer wieder kreisten meine Gedanken darum, dass meine Milch wie Gift für mein Baby war. Dieses Denken brachte mich fast um und ich fühlte mich schuldig an der Krankheit meiner kleinen Deborah.

Vierter Tag

Ärzte kamen und versuchten mir schonend die Wahrheit beizubringen, die ich nicht verstehen konnte oder nicht verstehen wollte. Sie redeten etwas von Telefongesprächen mit den Kinderärzten von Padua, von geringen Überlebenschancen oder vielleicht auch von keinen Chancen, aber nichts kam wirklich bei mir an. Ich nahm irgendwelche Beruhigungsmittel zu mir, wurde in ein Einzelzimmer verlegt, damit ich die anderen Säuglinge nicht zu Gesicht bekam, aber den Grund, warum all diese Vorkehrungen getroffen wurden, konnte ich nicht verstehen.

Lange danach erst wurde mir bewusst, dass ich mich einfach weigerte, die Wahrheit zu akzeptieren. Zu diesem Zeitpunkt hatte mein Mann schon erfasst, dass es keine Überlebenschancen für unser Kind gab. Aber auch er schaffte es nicht, die Worte auszusprechen, auch er hatte die Hoffnung noch nicht aufgegeben.

„Wir können die Tatsachen nicht verändern, wir können Ihnen nur beistehen, sie zu ertragen", sagte mir mein Gynäkologe. Auch er hatte mir mit diesem Satz die Wahrheit gesagt, die ich aber nicht begreifen wollte. Die Art, wie er mit mir redete und mir die Tatsachen erklärte, war sehr einfühlsam und dennoch klar. Für die entgegengebrachte Ehrlichkeit, die Sicherheit und Menschlichkeit in seiner Wortwahl bin ich heute noch dankbar. Dennoch nahm ich die Endgültigkeit seiner Aussagen nicht hin.

Ich wollte zu meinem Kind und gab die Hoffnung nicht auf.

An diesem Nachmittag, ich lag allein in meinem Krankenhauszimmer, besuchte mich eine meiner liebsten Freundinnen. Sie öffnete freudestrahlend die Tür mit einem Strauß Blumen in der Hand. Es bedurfte keiner Worte. Allein schon mein Gesichtsausdruck und meine verweinten Augen sagten ihr, die glaubte eine glückliche junge

Mutter zu besuchen, dass etwas nicht stimmte. Lange Zeit konnte ich nur weinen und sie, die gar nicht wusste, was los war, hat mit mir geweint und mich einfach nur festgehalten. Irgendwann gelang es mir zu sprechen. Aber ich weigerte mich, die Endgültigkeit in den Mund zu nehmen. Es tat mir gut, dass sie da war und mir Mut zusprach.

Sie war es auch, die, als viele meinten, ich würde es nicht schaffen, mein Schicksal zu tragen, voller Überzeugung sagte: „Die Sigrid ist stark und sie wird kämpfen!" Damals glaubte ich selbst nicht an ihre Worte, denn ich fühlte keine Kraft in mir. Aber sie sollte recht behalten, auch wenn mir mein Kampf sehr oft gar nicht als solcher vorkam und ich immer wieder am Boden lag und kaum imstande war, wieder aufzustehen.

Nachdem meine Freundin gegangen war, traf ich eine meiner wenigen bewussten und klaren Entscheidungen dieser Tage. Ich bat um die Entlassung aus dem Krankenhaus und mein Mann und ich beschlossen, unser Kind am nächsten Tag zu taufen.
Unser erster Weg, nachdem wir das Krankenhaus verlassen hatten, führte meinen Mann und mich zu meinen Eltern.
Die Medikamente, die wir zur Beruhigung bekommen hatten, wie auch die Abstillmedikamente besorgte mein Mann auf der Heimfahrt in der Apotheke und irgendjemand rief unseren Hausarzt. Er, der in den folgenden Jahren mein bester Psychologe war, schaffte es irgendwie, mich etwas zu beruhigen. Die Atmosphäre der Vertrautheit in meinem Elternhaus tat mir gut, und vor allem die Nähe meines Mannes, der, Gott weiß, woher er die Kraft nahm, sich liebevoll um mich kümmerte.

Am selben Abend baten wir meine Schwägerin, die Patin unserer kleinen Deborah zu werden. Instinktiv haben wir wohl gerade sie ausgesucht, da wir wussten, dass sie einen sehr starken Charakter hat und dass wir jemanden an unserer Seite brauchten, der bereit war, uns etwas von seiner Kraft zu geben. Wir wollten am nächsten Tag zusammen nach Padua fahren und unser Kind dort taufen. Ich wollte meine eigene Taufkerze mitnehmen, weil so schnell keine mehr zu kriegen war. Meine Schwägerin schaffte es jedoch, noch an diesem Abend eine Kerze mit Namen und Datum zu besorgen. Und ihr Bruder, mit dem wir gut befreundet sind, wollte uns am nächsten Tag mit seinem Auto fahren.

Erst spät kehrte ich, in Begleitung meines Mannes, zum ersten Mal seit der Entbindung in unsere Wohnung zurück. Im Zimmer stand die Wiege für unser Baby und an diesem Abend wollte ich noch glauben, dass unsere Deborah bald darin liegen würde. Körperlich fühlte ich mich gut, nur meine Brüste schmerzten fürchterlich, trotz der Tabletten, die ich nahm, damit die Milch versiegte. Mein Körper hatte sich darauf eingestellt zu stillen und begriff ebenso wenig wie mein Verstand, was vor sich ging.
Als wir zu Bett gingen, fielen mein Mann und ich sehr schnell in einen tiefen Schlaf, wohl aus Erschöpfung sowie dank der Wirkung der Medikamente.

Taufe, Wahrheit und Begreifen

Als wir am nächsten Morgen losfuhren, schmerzten meine Brüste noch mehr und ich nahm heiße Bettflaschen mit, die ich auflegte. Ich spürte diesen körperlichen Schmerz in all seiner Intensität, doch war er nichts gegen das, was sich in meiner Seele abspielte. Körperlicher Schmerz war im Moment einfach unwichtig. Vielleicht war es aber genau dieser Schmerz, der mich davon abhielt, in Lethargie zu verfallen, und der jede Faser meines Körpers wachhielt. Mittlerweile kamen mir meine Brüste wie zwei verhasste Fremdkörper vor, die schuld an allem und zu nichts nütze waren und die ich nicht als Teil von mir selbst annehmen konnte und wollte.

Als wir ins Auto stiegen, trafen wir meine Nachbarin, die in den folgenden Jahren zu einer meiner engsten Vertrauten werden sollte. Ganz einfühlsam fragte sie uns, wie es denn gehe. Sie wusste nur das, was die Menschen im Dorf mittlerweile redeten. Es hatte sich wohl wie ein Lauffeuer verbreitet, dass irgendetwas mit unserem Kind nicht stimmte. Wir selbst hatten bis dahin mit kaum jemandem außerhalb unserer Familie darüber gesprochen. Es waren wenige Worte, die wir wechselten, aber sie verstand auch so den Ernst unserer Lage.

Es war Christi-Himmelfahrts-Tag. Am selben Tag vor vielen Jahren hatten sowohl mein Mann als auch ich die Erstkommunion empfangen. Wir erachteten das als gutes Zeichen und hofften immer noch, dass sich alles zum Guten wenden würde.

Mir ist später oft aufgefallen, dass ich in anderen extremen Situationen nach solchen Zeichen gesucht habe und in die normalsten Alltagsabläufe etwas hineininterpretiert habe. Einmal war es eine rote Ampel, die bei meinem

Herannahen auf grün umschaltete. Oft frage ich mich, ob es anderen Menschen auch so ergeht.

Auf der Fahrt nach Padua war ich voller Hoffnung. Es tat gut, mit Menschen unterwegs zu sein, die uns nahestanden, und wir schöpften etwas Kraft. Ich freute mich, unsere Kleine endlich wiederzusehen und in meinen Arm zu nehmen, und ich wollte einfach, dass alles gut wird.

Dann standen wir vor der Glastür der Intensivstation. Auf unser Läuten hin kam eine ältere Schwester und wir sagten ihr, wir seien die Eltern von Deborah. In diesem Moment wurde mir die ganze Wahrheit auf einen Schlag bewusst. Ihre freundlichen Augen strahlten plötzlich tiefstes Mitgefühl aus, und damit hatte sie, die uns zum leitenden Primar begleitete, mir ohne Worte die Wahrheit gesagt. Zu meinem Mann sagte ich auf dem Weg durch den langen Gang: „Jetzt habe ich verstanden. Jetzt braucht es mir niemand mehr zu sagen."
Im Ärztezimmer erklärte uns der Arzt die Krankheit unseres Kindes auf verständliche Weise. Das Gift, das sich in Deborahs Körper gebildet hatte, hatte ihre Organe langsam zerstört. Er stellte einen Vergleich an, der uns das Ausmaß dieser Zerstörung erahnen ließ: „Stellen sie sich vor, sie putzen die Badewanne mit Ammoniak. So sieht es im Körper ihres Kindes aus." In diesem Moment wollte ich nur noch eines wissen – ob unsere Kleine Schmerzen hatte. Der Arzt versicherte uns, dass dem nicht so sei. Der Schmerz, den ich empfand, war ganz lautlos, ebenso wie der Tränenstrom. Mein Mann und ich funktionierten – irgendwie. Der Arzt konnte nicht sagen, wie lange unser kleines Mädchen noch leben würde, Stunden, Tage, vielleicht eine Woche. Aber er bot uns an, sie nach Bozen zu fliegen, um uns die Möglichkeit zu geben, bei ihr zu bleiben bis zu ihrem letzten Augenblick. Er konnte aber nicht garantieren, dass sie den Transport überleben würde. Ganz spontan willigten wir ein und in Gedanken bat

ich Gott, uns das nicht auch noch anzutun. Wir baten, sie vor Ihrem Tod taufen zu dürfen. Das Krankenhauspersonal schickte nach einem Priester.
Während wir auf ihn warteten, gingen wir auf den Klinikbalkon. Ich weiß nicht, im wievielten Stock wir waren. Aber ich erinnere mich genau, dass ich nach unten schaute und mir bewusst wurde, dass es hoch genug war. „Nur ein kleiner Moment“, dachte ich, „dann wäre alles vorbei.“ Der Gedanke war verlockend, nichts mehr denken, nichts mehr spüren, nichts mehr fühlen. Nur Bruchteile einer Sekunde, dann war der Gedanke verflogen. Mein Kind brauchte mich, ich durfte es jetzt nicht allein lassen, ich musste da sein für Deborah. Und was sollte mein Mann tun, wenn er auch noch mich verlor?
Es war wohl die Krankenschwester, die mich in die Realität zurückholte, als sie plötzlich neben mir stand. Dann durften wir endlich zu unserem Kind. Da war ein Zimmer, in dem mehrere Inkubatoren standen. Ich sah Deborahs Namensschild, bevor ich sie sah. Nur ihre Gesichtszüge waren noch dieselben und ihre schwarzen Haare. Ansonsten schien sie mir so klein und zerbrechlich, als ob sie nur mehr halb so groß wäre wie vor zwei Tagen. Sie hatte stark an Gewicht verloren und ihre Haut schien durchsichtig. Wir streichelten sie und sprachen zu ihr, aber ich hatte nicht den Mut, danach zu fragen, ob wir sie in den Arm nehmen durften, aus Angst, ihren Zustand zu verschlimmern. Oft habe ich mir nachher gewünscht, jemand vom Krankenhauspersonal wäre da gewesen, der mir mein Kind in den Arm gelegt hätte. Aber da war niemand, nur wir ganz allein.

Als der Priester kam, führte er die Taufe durch, richtete aber kein einziges persönliches Wort an uns. Die Kerze durfte nicht angezündet werden und bevor ich richtig wahrnahm, was vor sich ging, war er schon wieder verschwunden. Er hatte seine Pflicht getan und ließ uns in dieser unendlichen Leere wortlos zurück. Das war also

das Sakrament, das uns Eltern so wichtig war und das so unnahbar und emotionslos gespendet wurde.
Leise formulierte ich die Worte: „Ich taufe dich Deborah, im Namen des Vaters und des Sohnes und des Heiligen Geistes." Mein Mann und ich machten ihr das Kreuzzeichen; erst dann war es für mich gut.
Anschließend schickten wir unser Kind zum dritten Mal mit dem Hubschrauber los und beteten, es möge den Flug überleben.
Später kam uns auf dem Gang die Kinderärztin aus Bozen entgegen. Sie hatte in der Klinik zu tun und wollte nach uns schauen. Ihre Gegenwart und ihre Worte haben uns gut getan.

Als wir zum Auto gingen, startete gerade der Hubschrauber, und wir schauten Deborah nach, bis sie unseren Blicken entschwunden war.
Von der Fahrt nach Bozen sind mir zwei Szenen in Erinnerung geblieben, die mir heute noch dermaßen profan erscheinen, dass ich mich oft frage, was ich damals gedacht, gefühlt habe. Zum einen ist es eine Raststätte, in der wir etwas gegessen haben. Dort wurde mir auf ganz intensive Weise bewusst, welche Kleidung ich trug. Es war Ende Mai, dennoch trug ich einen dicken, weiten grünen Pullover. Alle hatten mir gesagt, ich solle mich warm anziehen, wegen meiner empfindlichen Brüste. Ich nahm die Menschen um mich herum wahr, und alle waren sommerlich gekleidet, also dachte ich, dass es wohl heiß sein musste. Ich selbst fror trotz meines dicken Pullovers. Das war die eine Szene. Und wenig später nahm ich am Straßenrand einige Kirschbäume wahr, die voller tiefroter Kirschen hingen. „Kirschen im Mai", dachte ich, „bei uns blühen die Kirschbäume doch gerade erst". Jedes Mal, wenn ich heute einen Früchte tragenden Kirschbaum sehe, erinnere ich mich an diese Fahrt. An mehr kann ich mich nicht erinnern, an kein Gespräch, an keine Geste, einfach an nichts sonst.

Erst gegen Abend kamen auch wir in Bozen an. Unser erster Weg führte uns auf die Station und wir waren froh, dass Deborah noch lebte. Endlich durften wir sie in den Arm nehmen. Niemand gab uns das Gefühl, dass wir gehen sollten, und das Personal sorgte sich um uns. Jemand brachte uns Kaffee und Wasser, jeder schien Zeit für uns zu haben und alle Fragen, die wir hatten, wurden beantwortet.

Abschied nehmen

Wir wurden auf einfühlsame Weise begleitet und die Ärzte halfen uns, langsam, aber bewusst Abschied zu nehmen. Wir haben mit Deborah gesprochen, haben ihr von uns erzählt, haben geschworen, dass sie immer in unserer Mitte bleiben wird. Und wir haben ihr auch versprochen, bei ihr zu sein, wenn sie geht.

Es gab nichts außer unserer kleinen, zerbrechlichen Familie. Die Welt da draußen existierte für uns nicht mehr. Wir wussten, dass uns nicht viel Zeit blieb, um uns das bis ins Innerste vertraut zu machen, was wir bald verlieren würden. Unser kleines Wunder, das Gott uns für kurze Zeit anvertraut hatte. Für uns stand die Welt still.

Irgendwann haben wir uns verabschiedet mit dem Versprechen, am folgenden Tag wiederzukommen.

Erst jetzt spürte ich wieder den wahnsinnigen Schmerz meiner Brüste, die inzwischen steinhart waren. Der Gynäkologe fragte mich, welche Tabletten ich genommen hatte. Ich zeigte sie ihm und schnell war klar, dass die angeblichen Abstilltabletten Kopfschmerztabletten waren, die einen ganz ähnlichen Namen hatten, Liserdol und Lixidol! In der Apotheke waren sie verwechselt worden. Zwei Tage später wäre es in einer anderen Apotheke genauso passiert, wenn mein Mann die Bedienung nicht darauf aufmerksam gemacht hätte. In der Zwischenzeit hatte ich eine Brustentzündung. Ich musste abpumpen und beim Anblick der vielen Milch wurde mir fast übel. Meine Milch, die meinem Kind das Leben kostete! Ich fühlte mich schuldig, obwohl ich genau wusste, dass künstliche Milch die gleiche Wirkung gehabt hätte. Aber die wäre nicht von mir gekommen! Der körperliche Schmerz ließ für den Moment etwas nach und ich bekam ein stärkeres Medikament.

Es war schon spät, als wir gingen, um uns ein Zimmer für die Nacht zu suchen. Wir suchten Pater Adalbert auf, der uns getraut hatte und zu dem wir großes Vertrauen hatten. Wir hatten schon am Vortag mit ihm telefoniert und er wusste Bescheid um unsere Situation. Er gab uns ein Bett für die Nacht, aber er nahm sich auch Zeit, mit uns zu reden. An diesem Abend war er für uns nicht ein Priester mit Predigten über das ewige Leben, sondern einfach ein Freund, der zuhörte und der mit uns litt. Das war es, was wir brauchten – ein guter Freund.

Am nächsten Morgen riefen wir vor dem Frühstück im Krankenhaus an und erfuhren, dass Deborahs Zustand im Moment stabil war. So beschlossen wir, heimzufahren, etwas Wäsche zu holen und vor allen Dingen auf dem Standesamt Deborahs Geburt zu melden. Wir wollten nicht Geburts- und Totenschein gleichzeitig machen. Ein guter Freund begleitete uns dabei. Im Krankenhaus hinterließen wir die Telefonnummer meiner Eltern, mit der Bitte anzurufen, falls sich der Zustand verschlechterte. Als wir gegen Mittag bei meinen Eltern ankamen, hatte das Krankenhaus schon angerufen, wir mögen uns beeilen, da Deborahs Zustand sich verschlechtert habe und kritisch sei.
In diesem Moment hatten wir keine Angst, zu spät zu kommen. Ein Gefühl sagte uns, dass wir noch etwas Zeit zusammen hatten. Es war keine Hektik in unserem Tun und Handeln, es gab keine Gefühlsausbrüche – nur eine unsagbare Stille, fast so, als ob wir gewusst hätten, dass kein einziges Wort unserem Fühlen Ausdruck verleihen konnte.

Wir fuhren zuvor noch heim, machten uns frisch und zogen uns um. Jemand hatte in der Zwischenzeit die Wiege weggebracht. Ich empfand eine nicht zu beschreibende Leere und ein Stückchen mehr wurde mir bewusst, dass ich unser Kind darin nie sehen würde.
Ich war dankbar, dass jemand für mich die Wiege weggebracht hatte. Ich weiß nicht, ob ich selbst es geschafft

hätte, alles, was ich für unser Kind so liebevoll vorbereitet hatte, wegzuräumen. In diesem Moment kam mir die Wohnung unheimlich leer und verlassen vor.

Um 14.30 Uhr waren wir wieder bei unserem Kind im Krankenhaus. Wir durften sie in unseren Armen halten und streicheln. Die Ärztin, ich weiß ihren Namen nicht mehr, ich erinnere mich aber an ihr Gesicht und werde es nie vergessen, blieb bei uns im Raum. Als wir Deborah in den Armen hielten, zeigten die Apparaturen plötzlich schnellere Herzfrequenzen an. Die Ärztin sagte uns, dass sie solche Veränderungen oft feststellten, wenn Eltern ihre todkranken Kinder berührten. Es gebe dafür keine medizinische Erklärung, aber da sei wohl das unsichtbare Band zwischen Eltern und ihrem Kind. Für uns war es einfach das Wissen, dass Deborah spürte, dass wir bei ihr waren. Behutsam fragte uns die Ärztin auch, ob sie ein paar Fotos von uns machen solle. Es sei zwar wohl nicht der richtige Moment, aber vielleicht würden uns die festgehaltenen Momente später helfen und wertvolle Erinnerungen sein.

Bis auf das Foto, das unmittelbar nach Deborahs Geburt gemacht wurde, sind es die einzigen, die wir haben. Ich bin froh darüber und manchmal halte ich sie in den Händen.

Immer wieder wechselten mein Mann und ich uns ab, einmal hielt er unser Kind im Arm, dann wieder ich. Unablässig haben wir mit ihr gesprochen und unablässig flossen Tränen über unsere Wangen. Ich bemerkte, dass auch die Ärztin, die sich im Hintergrund hielt, weinte. Ihre Anwesenheit hatte nichts Förmliches an sich, sie gab uns vielmehr Sicherheit und ihre Tränen zeugten von tiefer Menschlichkeit.
In diesen Stunden gab es für uns, wie schon nach der Geburt, keinen Raum und keine Zeit. Wir waren bereit,

unser Kind gehen zu lassen, und dennoch betete ich unablässig: „Lieber Gott, lass sie noch etwas bleiben." Ab und zu ließen wir unseren Blick über die Apparaturen streifen, um uns zu vergewissern, dass sich nichts verändert hatte. Ihr kleines Händchen hielten wir fest in unseren beiden großen Händen und mein Mann sagte: „ Wir drei sind wie ein Berg." Kurz danach, es war 35 Minuten nach sechs am 26. Mai, starb unsere kleine Deborah in unseren Armen. Lautlos und sanft, leise und endgültig. Noch sehr lange haben wir unser Baby gehalten und in diesen Momenten war eine tiefe Ruhe in uns.
Erst viel später, als wir bereit dazu waren, machten wir unserem Kind ein letztes Mal das Kreuzzeichen und legten es der Ärztin in die Arme. Lange standen wir noch so da, bis wir den Blick von ihr nahmen und uns zum Gehen wandten. „Ihr könnt später wiederkommen, solange Ihr wollt", sagte die Ärztin zu uns.

Unser erster Weg führte uns in die Krankenhauskapelle. Dort haben wir zum ersten Mal in unserer Ehe laut und ohne Scham zu Gott gefleht, er möge uns beistehen in unserem Schmerz. Dieses Gebet war so anders als unsere bisherigen gemeinsamen Gebete in der Kirche oder bei Tisch.
Dann setzten wir uns auf die Bank vor dem Krankenhauseingang. Wir weinten nicht, wir sprachen nicht, wir hielten uns nur an der Hand und fühlten uns entsetzlich leer und allein. Menschen kamen und gingen, lachten und redeten, und niemand ahnte von unserem Schmerz.
Ich weiß nicht, wie viel Zeit verstrich. Als ich meinen Blick hob, sah ich unsere Schwägerin und meine beste Freundin auf uns zukommen. Es bedurfte keiner Worte. Sie hielten uns einfach fest und waren uns ganz nahe. Ich weiß bis heute nicht, ob diese beiden Menschen erahnen können, wie viel Trost sie uns mit ihrer Anwesenheit waren. Gemeinsam gingen wir noch einmal zu unserem Mädchen. Man hatte unserer kleinen Deborah ein rosa

Kleidchen angezogen. Sie lag ganz friedlich vor uns da. In diesem Augenblick aber merkte, spürte ich förmlich, dass ihre Seele fort war. Dennoch – eine letzte Berührung und eine letzte Liebkosung, bevor ich die schwersten Schritte meines bisherigen Lebens tat. Rückwärts verließen wir den Raum, ohne den Blick von unserem toten Baby abwenden zu können.

Es folgten Gespräche mit den Ärzten; man wollte eine Autopsie durchführen, um genauere Einzelheiten über diese so seltene Krankheit zu erfahren.
Wirklich und genau erinnern kann ich mich, wie ich der Krankenschwester detailliert erklärte, wie sie mein Kind nach der Autopsie anziehen sollte, dass sie es in die Wolldecke, die meine Mutter gestrickt hatte, einwickeln müsse und dass sie das Mützchen nicht vergessen dürfe. Ich habe es ihr immer wieder gesagt und habe sie angefleht, es genau so zu machen. Sie hat es mir auch immer wieder versprochen und zugesichert, sie werde sich persönlich darum kümmern.

Erst Monate später plagten mich immer wieder Zweifel, ob auch alles so gemacht worden war, wie ich es wollte. Immer wieder fragte ich mich, warum wir nicht selbst hingefahren waren, um unser Kind in den Sarg zu betten. Damals aber war uns dieser Gedanke gar nicht gekommen. Ich weiß heute noch nicht genau, ob man das darf. Für mich wäre es aber sehr wichtig gewesen, und könnte ich noch einmal zurück, würde ich darum bitten.

Bis zur Beerdigung

In meiner Erinnerung an die folgenden Tage tauchen immer wieder bestimmte Einzelheiten auf, so wie die Bruchstücke eines Films. Sie sind ganz klar und unauslöschlich in mein Gedächtnis eingeprägt, aber alles was dazwischen war, ist für mich wie ein schwarzes Loch. Ich weiß nicht wie die Tage vergingen, Raum und Zeit waren wie ausgelöscht.

Die Fahrt nach Hause in der Nacht – ein Auto überholte und kam uns entgegen. Die schnelle Reaktion meines Mannes – nur um Haaresbreite entgingen wir einem Frontalzusammenstoß. Daheim fielen wir in einen komaartigen Erschöpfungszustand.

Am frühen Morgen des nächsten Tages erwachte ich. Ich trank Kaffee und dann wanderte ich durch die Wohnung, von Raum zu Raum. Ich konnte nicht sitzen, ich konnte nicht stehen, ich konnte nicht weinen. In meiner Brust fühlte ich eine große Schwere, wie von einem Stein, der jeden Moment drohte, mich zu Boden zu drücken. Ich fühlte mich gefangen in einem undurchsichtigen Käfig, in dem ich unentwegt kreiste. Alles in mir schrie, aber kein Ton erreichte meine Lippen. Erst als mein Mann erwachte und mich in den Arm nahm, konnten wir zusammen weinen.

Unsere nächsten Verwandten haben dafür gesorgt, dass wir warme Mahlzeiten einnahmen. Wir beide haben uns gegenseitig motiviert, etwas zu essen. So profan das auch klingen mag, so war es doch unheimlich wichtig und ich bin allen heute noch dankbar, die für unser leibliches Wohl gesorgt haben, ansonsten hätten wir auf das Essen wohl vergessen. Viele Menschen waren uns nahe, manche ohnmächtig etwas zu sagen. Oft war es eine innige Umarmung, oft waren es gemeinsame Tränen, mit denen sie uns ihr Mitgefühl zeigten. Viele übernahmen, ohne lange zu fragen, einen Dienst für uns. Ständig war jemand da, der uns anfallende Kleinigkeiten abnahm. Einmal war es ein Einkauf oder eine Besorgung, dann wieder die Bewirtung eines Besuches, das Entgegennehmen eines Telefongesprächs, weil wir dazu nicht die Kraft hatten. Aber auch viele Kleinigkeiten bei der Organisation der Beerdigung wurden uns von Freunden abgenommen. Unzählige Beileidschreiben erreichten uns jeden Tag. Einige davon sind mir bis heute tief im Herzen geblieben. Teilweise waren es Menschen, die wir nicht einmal besonders gut kannten, die mit einer Geste, einem Gebet, einem Sträußchen unser Herz erreichten und uns Trost gaben. Es tat gut, wenn jemand ehrlich auf uns zuging. Aber bereits in den ersten Tagen haben wir gemerkt, dass es auch uns nahe stehende Menschen gab, die uns auswichen, die nicht da waren, weil sie nicht stören wollten, weil sie selbst eine wichtige Arbeit zu erledigen hatten. Sie haben uns in diesen Tagen gefehlt. Manche haben uns gesagt, wir seien noch jung und würden noch weitere Kinder haben. Sie hätten wohl nicht verstanden, hätten wir geantwortet, dass wir nicht andere Kinder wollten, sondern nur unsere Deborah. Viele sagten auch, es sei besser so, als wenn Deborah schwerstbehindert überlebt hätte. Das waren jene Sätze, die wir nicht hören wollten und die uns verletzten. Wir wussten in unseren Herzen, dass Deborahs Leben mit dieser Krankheit nicht lebenswert gewesen wäre, aber unser Sehnen setzte viel früher an, bevor die Krankheit ausgebrochen war. Sie hätte doch auch gesund sein können.

Heute denke ich, dass all jene, die solche Worte sagten, uns sicher nur trösten wollten. Sie haben aber manchmal das Gegenteil damit erreicht.

Kein Wort vermochte uns zu trösten und wir haben auch nicht erwartet, dass jemand das konnte. Trost gab uns nur die Nähe von Menschen, die einfach zuhörten und ihre Ohnmacht nicht hinter irgendwelchen Floskeln versteckten. Viele wünschten uns einfach die Kraft, unseren Verlust zu ertragen, viele schlossen uns in ihre Gebete ein. Es gab kaum Momente, in denen wir allein waren. Verwandte und Freunde waren fast rund um die Uhr bei uns. Manchmal haben wir einfach nur zusammen geschwiegen, manchmal geweint und manchmal gelang es uns zu reden. Es waren erste Versuche, unseren Schmerz in Worten auszudrücken, unserer Verzweiflung und Angst vor der Zukunft einen Namen zu geben.

Am Samstag gingen wir zu unserem Pfarrer. Ihm bin ich heute noch dankbar dafür, dass er einfach nur Mensch war, uns seine Ohnmacht gestand, mit uns redete und verstand, dass unsere Ohren im Moment taub waren für Worte eines gütigen Gottes.
Einige meiner Freundinnen aus der Oberschulzeit organisierten für den Sarg Maiglöckchen aus Privatgärten, da sie im Blumenhandel nicht zu kriegen waren, und erfüllten uns damit den innigen Wunsch, unserem Kind diese wunderbare Blume mit auf den Weg zu geben. Und die Worte eines guten Freundes klingen mir bis heute nach: „Ich weiß nicht wie, aber irgendwie werden wir es gemeinsam schaffen“, sagte er, während er uns beide gleichzeitig umarmte. Er und seine Frau haben Wort gehalten. Die beiden waren immer da, wenn wir reden wollten, und in den folgenden zwei Jahren haben sie unzählige Male mit uns ihr Mahl geteilt, wenn unser Schmerz zu groß war, um selbst für uns zu sorgen.

Es war Wochenende und wir mussten abwarten, bis wir von Bozen Bescheid bekamen, wann der tote Körper unseres kleinen Mädchens freigegeben wurde. Die Autopsie war für Montag angesetzt worden. Der Gedanke daran, dass mein Kleines irgendwo dort in einem Kühlraum lag, kalt und nackt, trieb mich fast in den Wahnsinn. Wenn

ich im Bett lag, hatte ich jedes Mal den tiefen Wunsch, ihren Körper in meinen Armen zu halten und zu wärmen. Es gelang mir noch in keiner Weise Körper und Seele zu trennen, und es war immer noch auch die Hülle, an der ich hing.
Wie ferngesteuert haben wir in diesen Tagen die Beerdigung für unser Kind organisiert. Etwas vom Schwersten war, den kleinen weißen Sarg für unser Baby auszusuchen. Welche Kriterien gibt es für den Sarg des eigenen Kindes? Ich weiß es nicht. Irgendwie haben wir uns entschieden und die Überführung bestellt. Wir setzten eine Todesanzeige in die Zeitung, da wir uns außerstande sahen, alle Verwandten und Bekannten persönlich zu informieren. Wir schrieben darunter den Satz: „Liebe Deborah, die wenigen Tage, die wir mit dir erleben durften, waren die glücklichsten unseres Lebens, wir empfinden dafür unsagbare Dankbarkeit."

Immer wieder musste ich ins Freie, um den Wind und den Regen zu spüren, nur so merkte ich, dass ich noch lebte. Einmal in diesen Tagen, wir waren bei meinen Eltern, setzte ich mich auf die Bank hinter ihrem Haus. Ich brauchte die frische Luft, hörte auf die Regentropfen, die aufs Pflaster fielen, und versuchte mich ein wenig zu fangen. Lange saß ich so da, bis mein Vater kam. „Ich habe dich gesucht", sagte er. Lange schauten wir uns an und ich sah den Schmerz in seinen Augen. Ich hatte mein Kind verloren, er hatte ein Kind, dem er nicht helfen konnte. Er nahm mich in die Arme und in seiner Umarmung lag so viel Trost. „Tu einfach das, was dir gut tut", sagte er und wischte mir mit seinen Händen die Tränen vom Gesicht.

Viele Male habe ich mich später auch gefragt, woher mein Mann damals diese große Kraft nahm.
Er tröstete mich, weinte mit mir, richtete mich auf, wenn ich dem Zusammenbruch nahe war. Er freute sich, wenn er sah, dass ich trotz allem Wert auf mein

Äußeres legte, und sagte dann: „Unsere kleine Deborah freut sich, wenn sie sieht, dass ihre Mami sich schön macht." Für kurze Augenblicke haben wir sogar zusammen gelacht.

Ein vergrößertes Foto von unserer kleinen Deborah stand bereits drei Tage nach ihrem Tod in unserem Zimmer. Es war das Bild, das unmittelbar nach ihrer Geburt aufgenommen worden war. Jeden Abend, für sehr, sehr lange Zeit, nahmen wir das Bild vor dem Schlafengehen in unsere Hände, machten ihr ein Kreuzzeichen und liebkosten sie.

Heute nehme ich das Bild nicht mehr in die Hand, wenn ich mit ihr spreche oder wenn ich sie liebkose. Ich mache es in meinem Herzen und weiß, dass sie es spürt. Aber damals brauchten wir etwas zum Anfassen.

Jemand fragte mich, was ich zur Beerdigung anziehen wollte. Für einen kurzen Moment fand ich mich in der Realität wieder. Ich hatte nichts Passendes.
Wie eine Marionette, fremdgesteuert, setzte ich mich ins Auto. Ich ging in ein Geschäft, in dem eine Freundin von mir arbeitete. Ich holte sie in der Lebensmittelabteilung ab und sie begleitete mich in die Konfektionsabteilung. Dort stand ich einfach nur da und sagte: „Ich brauche was zum Anziehen." „Soll es für einen feierlichen Anlass sein?", fragte mich die Verkäuferin. Stumm stand ich vor ihr und schaute durch sie hindurch. „Feierlich", rumorte es in meinem Kopf. Wie aus weiter Ferne hörte ich die Stimme meiner Freundin: „Es ist für die Beerdigung ihres Kindes."
Ohne irgendeinen Ton von mir zu geben, probierte ich die Kleidungsstücke an, die meine Freundin und die Verkäuferin mir brachten. „Danke", war das einzige Wort, das ich beim Gehen sagte. Als ich heimkam, fragte mich mein Mann, welche Farbe ich gewählt hatte. Ich wusste

es nicht. Erst als ich die Einkaufstasche auspackte, wurde mir wirklich klar, dass ich einen dunkelblauen Hosenanzug mit einer hellblauen Bluse gekauft hatte.

Die Beerdigung war für den Mittwoch angesetzt und am Dienstag Nachmittag wurde unser Baby gebracht. Unser Pfarrer hatte uns angeboten, sie in der Lourdeskapelle am Friedhof aufzubahren. Das fühlte sich für mich gut an, im Schutz der Muttergottes konnte ich mir mein Kind gut vorstellen. Ich selbst habe mich damals strikt geweigert, unser Baby daheim aufzubahren. Ich hatte nicht die Kraft, mein totes Kind heimzuholen.

Heute würde ich es anders machen. Es ist mir heute unverständlich, da ich mir doch nichts mehr wünschte, als ihren Körper in meinem Arm zu halten.

Der Gedanke an den verschlossenen Sarg machte mir Angst. Mein ganzes Denken und Fühlen bestand aus nichts als Gegensätzen. Einerseits ein tiefer Glaube und Vertrauen in Gott, andererseits ein nie gekannter Hass auf diesen Gott. Einerseits Schuldgefühle am Tod meines Kindes, andererseits das Gefühl, in diesen sechs Tagen eine gute Mutter gewesen zu sein. Zwiespälte, nichts als Zwiespälte. Einerseits der Wunsch, meinen dicken Bauch wiederzuhaben, andererseits das Gefühl, nie mehr schwanger sein zu wollen. Es war ein ständiges Wechselspiel auch zwischen Realität, Funktionieren und Sich-Zurückziehen, Sich-Einhüllen in einen undurchdringbaren Kokon.

Es regnete in Strömen und wir warteten am Fenster auf den Leichenwagen. Es zerriss mir das Herz, zu wissen, dass mein Baby an unserem Haus, in dem uns nie ihr Lachen erfreuen würde, vorbeifahren musste. Als sie ankam, liefen wir die knapp hundert Meter bis zum Friedhof durch den Regen. Eine Frau stand an der Straße beim Friedhof und ich nahm im Vorbeigehen wahr, dass sie

weinte, als wir das kleine Särglein in die Lourdeskapelle trugen. Für mich war es einfach nur ein Zeichen, dass sie mit uns litt.
Meine Kollegin und Freundin half uns beim Aufbahren. Sie arbeitete den ganzen Nachmittag und verwandelte die Kapelle in ein weißes Blumenmeer. Der Duft der Maiglöckchen erfüllte den ganzen Raum.

Sie wurde mir in den folgenden Jahren zu einer verständnisvollen Freundin, Ratgeberin und vor allem zu einer Zuhörerin, die mich mehr als einmal durch die Hölle begleitete.

Mehrere Male sprachen wir mit unserem Pfarrer. Er war uns in dieser Zeit eine wertvolle Stütze, half uns bei der Gestaltung der Beerdigung und war uns vor allen Dingen ein mitfühlender Freund. An diesem Nachmittag kam er auch in die Kapelle. Er bemerkte, wie persönlich und mit wie viel Liebe wir unser Kind aufgebahrt hatten. Dann musste er uns sagen, dass er wegen des tragischen Todes von einem seiner Schüler am nächsten Tag bei dessen Beerdigung sein müsse. So hatte er in unserem Sinne bereits Pater Adalbert gebeten, an seiner Stelle die Messe für unser Kind zu zelebrieren. Er wusste, wie wichtig Pater Adalbert für uns beide war, und hat uns so einen großen Dienst der Nächstenliebe erwiesen.
Noch spät am Abend besuchten wir unsere Kleine in der Lourdesgrotte und ließen sie dann für die Nacht im Schutz der Gottesmutter. Am liebsten hätte ich das kleine Särglein nach Hause getragen. Wieder Gegensätze in meinen Gedanken! Ich, die mich zuerst geweigert hatte, sie heimzuholen und nun nichts mehr wollte, als sie mit in unsere Wohnung zu nehmen!

Am Beerdigungstag ging ich am Morgen in die Lourdeskapelle. Ich wollte einige Augenblicke ganz allein mit meinem Kind verbringen. Immer wieder fühlte ich Schwindelanfälle, und so setzte ich mich in eine Bank und legte meine Hand auf den kleinen weißen Sarg. Zum ersten Mal waren meine Tränen nicht mehr lautlos; ich wurde von Weinkrämpfen geschüttelt und es war, als ob sich ein Ventil geöffnet hätte. Ich wähnte mich allein und ließ meinen Gefühlen freien Lauf. Ich glaube, ich habe meinen ganzen Schmerz herausgeschrien. Irgendwann wurde ich stiller und fühlte wieder diese wahnsinnige Verzweiflung in mir und leise sprach ich zu meinem Kind. Es waren immer wieder dieselben Worte: „Bitte, bitte hilf mir – ich kann nicht mehr!" Ich habe diese Momente, in denen ich mich unbeobachtet fühlte, so sehr gebraucht, das Alleinsein mit meinem Kind, das Mich-gehen-Lassen, das Nicht-stark- und-vernünftig-sein-Müssen. Eine Frau betrat die Kapelle und fand mich in diesem Zustand vor. Sie legte den Arm um mich und wollte mich trösten. Ich weiß nicht, ob sie merkte, dass kein einziges Wort bis in mein Herz vordrang. Dann sagte sie: „Bleib nicht hier allein, geh heim zu deinem Mann. Es ist nicht gut für dich, allein zu sein." Ich wollte schreien und sagen, ich bin nicht allein, mein Kind ist da! Aber ich stand auf und ging. Mir fehlte einfach die Kraft, dieser Frau irgendetwas zu erklären, und wie so oft in den letzten Tagen tat ich das, was man mir sagte.

An diesem Tag nahm ich meine letzte Beruhigungstablette – ganz bewusst, es war eine der wenigen klaren Entscheidungen, die ich traf. Ich wusste, dass ich die Beerdigung irgendwie überstehen musste. Aber dann wollte ich mich mit nichts mehr betäuben. Ich wollte nichts verdrängen, ich wollte den ganzen Schmerz bewusst durchleben. Schon damals war mir klar, dass ich nur so eine Chance hatte, irgendwann vielleicht, gesund aus meiner Trauer hervorzugehen.

Beerdigung

Unmittelbar vor der Beerdigung haben mein Mann und ich die Taufkerze angezündet und gebetet. In diesen Tagen haben wir gelernt, gemeinsam zu beten und um Trost zu flehen. Dann baten wir alle, uns in der Kapelle mit Deborah allein zu lassen. Hier nahmen wir ein letztes Mal Abschied, wir berührten das weiße Holz des Sarges, wir hielten uns ganz fest an den Händen und sagten ihr: „Wir drei sind wie ein Berg. Wir haben dich so lieb, du wirst immer bei uns sein." Alles, was noch zu sagen war, sagten wir ihr in diesen Minuten und dann, als wir dazu bereit waren, öffneten wir die Tür.

Mein Bruder trug unser Baby in die Kirche. Ich erinnere mich wie an einen Traum, der mit Watte umgeben ist, an die Messe. Ein Satz ging mir besonders nahe und ich glaube fest daran: „Einige Menschen müssen achtzig und mehr Jahre alt werden, um ihre Aufgabe auf dieser Welt zu erfüllen, Deborah hat nur sechs Tage dafür gebraucht. Sie hat etwas mehr Liebe in diese Welt gebracht, und die Liebe ist es, die bleibt." Viele Kinder waren da, meine Schüler und auch alle anderen Volksschulkinder und alle haben gesungen. Irgendwann standen wir am offenen Grab. Ich weiß noch, dass unzählige Menschen uns die Hände geschüttelt haben und mit uns sprachen. Einige sind mir in Erinnerung geblieben. Und noch etwas habe ich nicht vergessen: Mein Blick traf eine Frau, die in der Reihe der Menschen stand, die warteten, unserem Kind Weihwasser zu geben. Sie war nur einige Meter von uns entfernt, sprach mit jemandem und lachte. Sie lachte tatsächlich. Ich weiß, dass man nicht überall mitleiden kann und auch nicht darf, dennoch – ihr Lachen vor dem offenen Grab konnte ich nicht verstehen und ich kann es bis heute nicht verstehen.

Es gab kein Totenmahl. Nur die engsten Angehörigen nahmen wir mit zu uns nach Hause und boten ihnen eine Stärkung an. Und sogar in unserem kleinen Kreis bemerkte ich unzählige Unterschiede im Denken, Sprechen und Setzen von Prioritäten. Einige waren still, halfen mit, alle zu bewirten, und zeigten in ihrer Art, wie sehr sie uns nahestanden und helfen wollten. Andere waren schon wieder weit weg von unserem Schicksal und sprachen über derart unpassende und für mich unverständliche Dinge, dass es mich bis ins tiefste Herz verletzte. Ich staunte, wie wichtig es für manche Menschen ist, sich selbst in den Vordergrund zu stellen, über das perfekte Funktionieren ihrer Familie zu erzählen und anderen Menschen mit ihren Erzählungen kaum Zeit zum Luftholen zu lassen. Aber vielleicht war es ihre Hilflosigkeit, die aus ihnen sprach; vielleicht waren sie mit der Situation einfach überfordert. Mag sich ab und zu jemand beim Lesen in der einen oder anderen Situation wiedererkennen, dann möchte ich, dass jene, die uns nahestanden in ihrer natürlichen und unkomplizierten Art, zwischen den Zeilen die Dankbarkeit spüren, die ich ihnen ein ganzes Leben lang entgegenbringen werde für ihre Dienste der Nächstenliebe. Ich möchte aber auch, dass jene, die uns manchmal mit Worten tief verletzt haben, es nicht als Vorwurf aufnehmen, weil ich mir sicher bin, dass es keine Absicht, sondern Ratlosigkeit war. Vielleicht verstehen sie jetzt, wie dünnhäutig und verletzlich wir damals waren, und wie sensibel und feinfühlig wir jedes Wort, jede Geste aufgenommen haben.

Der erste Sommer nach Deborahs Tod

Die ersten Tage nach Deborahs Beerdigung vergingen schleichend. Wir, mein Mann und ich, waren ständig auf der Suche nach Dingen, die wir noch erledigen mussten, suchten verzweifelt nach Aktivitäten, um diese Tage, Stunden und Minuten zu füllen. Wir weigerten uns, wirklich zur Ruhe zu kommen, denn Ruhe bedeutete Denken, und Denken bedeutete intensiven Schmerz. Es waren noch Rechnungen von der Beerdigung zu begleichen, es gab viele Menschen, denen wir persönlich danken wollten für all ihre Hilfe in den vorangegangenen Tagen. Da waren Freundinnen und Freunde, Bekannte und Nachbarn, die uns zum Teil ganz überraschend und unerwartet ihre Hilfe und ihre Anteilnahme zukommen ließen. Wir versuchten, all diesen Menschen aus einem tiefen inneren Bedürfnis heraus unseren persönlichen Dank auszusprechen.

In diesen ersten Tagen gestatteten wir es uns nicht, über uns, unsere Zukunft und unsere Trauer nachzudenken. Ich erinnere mich noch sehr gut daran, dass wir jeden Tag nach dem Mittagessen geschlafen haben. Es war ein tiefer, traumloser Erschöpfungsschlaf, den wir uns gegönnt haben.

Viel Zeit verbrachten wir in diesen ersten Tagen mit meinen Eltern, die uns wie niemand sonst ein bisschen Normalität und Geborgenheit zu geben vermochten. Manchmal fühlte ich mich für kurze Momente in meine Kindheit zurückversetzt, vor vielen Jahren, wenn alles einfach gut wurde, sobald mich meine Eltern auffingen. Unzählige Stunden haben wir mit ihnen Gespräche geführt, geweint, mit dem Schicksal gehadert und nach dem Warum gefragt. Ich kann mich an kein einziges Mal in diesen Tagen erinnern, dass ich selbst gekocht hätte. Gegessen haben wir ausschließlich bei meinen Eltern. Meine Mutter war darum bemüht, all das auf den Tisch zu bringen, von dem sie glaubte, dass es uns stärken und guttun würde. Aus diesen gemeinsamen Mahlzeiten haben wir in dieser Zeit unsere Kraft geschöpft, nicht nur die körperliche – nein, auch die seelische. Ich habe damals gelernt, wie heilsam ein gemeinsames Mahl mit lieben Menschen sein kann. Und ich habe es bis heute so gehalten.

Das gemeinsame Essen mit meiner Familie ist mir immer wieder heilig, und so viel Regelverstöße ich bei meinen Kindern übersehe, zum gemeinsamen Essen einmal am Tag muss jeder von uns da sein.

Am ersten Wochenende nach der Beerdigung war Pfingsten. Bei uns im Dorf war ein Zeltfest. Am Samstag musste mein Mann mit der Musikkapelle spielen. Es hat ihn sehr viel Überwindung gekostet, sich dazu aufzuraffen. Aber das Leben musste irgendwie weitergehen. Wir beide spürten, dass wir das Bedürfnis hatten, uns unter die Leute zu mischen und ein bisschen normales Leben zu atmen. Aber wir leben in einem kleinen Dorf und wir hatten große Angst vor dem Gerede der Leute. „Das Kind gerade unter der Erde und schon unterhalten sie sich wieder", so stellte ich mir die Kommentare vor.
Von Trauernden erwartet man, dass sie trauern. Wenn sie sofort wieder am Leben teilnehmen, trauern sie scheinbar zu wenig. Wenn sie zu lange nicht am Leben teilnehmen, dann trauern sie wohl zu viel. Ich selbst bin Teil unseres Dorfes und gebe ehrlich zu, dass auch ich vor dem Tod unseres Kindes geglaubt habe, genau zu wissen, wie Trauer richtig ablaufen muss. Zum ersten Mal sah ich mich konfrontiert mit meinen eigenen Vorurteilen. Und plötzlich merkte ich, dass vieles nicht so ist, wie es scheint.
Trauer hat viele Gesichter, und heute weiß ich, dass es kein richtig oder falsch gibt. Richtig ist alles, was zum Überleben hilft. Das, was dem einen guttut, ist für den anderen nicht hilfreich. Jeder muss subjektiv das tun, was

ihm in jedem einzelnen Moment der Trauer hilft. Wir haben damals mit meinem Vater über den Besuch des Festes gesprochen. Und er, der aus einer anderen Generation stammt und uns an Lebenserfahrung vieles voraus hat, hat uns genau diesen Rat mit auf den Weg gegeben: „Kümmert euch nicht darum, was die Leute von euch erwarten, tut das, was euch hilft und was ihr braucht."
Also spazierten wir am Abend gemeinsam zum Festplatz, trafen eine Kollegin von mir mit ihrem Mann. Ein Gespräch, eine Stunde Zeit und dann spürten wir, dass es für uns Zeit war, zu gehen. Ohne darüber zu reden, schlugen wir den Weg zum Friedhof ein.
Zwei Wochen waren vergangen seit Deborahs Geburt, zwei Wochen, in denen ich die intensivsten Gefühle meines Lebens durchlebt hatte. Hinaufgetragen in himmlische Sphären des Mutterglücks, kaum Zeit, um dieses Glück in seiner ganzen Intensität auszukosten, um dann im Sturzflug bis hinab in die tiefsten Abgründe zu fallen. Beraubt um meinen Bauch, beraubt um mein Kind, beraubt um jeden Sinn des Lebens. Als Draufgabe mein ganzer Hormonhaushalt, der verrücktspielte! Er war auf Muttersein eingestellt, nicht auf Trauer. Schon wieder ein Gegensatz – mein ganzes Leben war anscheinend voll davon.

Immer öfter drängte sich mir die Frage auf: „Was ist das für ein gütiger Gott, der die Kinder vor den Eltern holt?" Nein, Güte stellte ich mir anders vor! Oder war es vielleicht der strafende Gott? Ich erinnere mich noch an die religiöse Erziehung meiner Kindheit und ich denke, meine Generation ist nicht nur mit dem Bild des liebenden Gottes, sondern auch mit dem Bild des strafenden Gottes erzogen worden. Diese Vorstellungen waren tief in mein Gedächtnis eingedrungen und daher suchte ich nach einer Schuld, die ich abzubüßen hatte. Ich machte mir Vorwürfe, weil ich mir zu Beginn meiner Schwangerschaft trotz aller Freude gewünscht hatte, ich wäre erst zwei Monate

später schwanger geworden. Ich machte mir Vorwürfe, dass ich nicht von Anfang an bedingungslos zu meinem Kind gestanden hatte. Und dann stellte ich mir wieder die Frage: „Aber warum mein Kind, das sein ganzes Leben noch vor sich gehabt hätte, das die ganze Welt noch zu entdecken gehabt hätte, das so vieles noch zu erleben gehabt hätte?"
Meine Gedanken bewegten sich immer wieder im Kreis, und es sollte für sehr lange Zeit so bleiben. Immer wieder dieselben Fragen, immer wieder keine oder unzureichende Antworten. In dieser ersten Zeit der Trauer aber verspürte ich noch keine Wut und keinen Zorn. Natürlich gab es auch einige Menschen, die zu wissen glaubten, warum unser Kind sterben musste, die ihre Äußerungen etwas unvorsichtig in den Wind streuten. Wenige zwar, aber immerhin! Und in einem kleinen Dorf in Südtirol bleibt auf die Dauer nichts verborgen. Irgendwann wurden uns auch diese unbedachten Äußerungen zugetragen.

Ich habe mittlerweile verziehen und wünsche denen, die uns mit ihren Aussagen tief verletzt haben, dass sie niemals Ähnliches durchleben müssen, dass sie nie an ihre Worte zurückdenken müssen. Aber es wäre schön, wenn manchmal etwas mehr Einfühlungsvermögen und Herz im Spiel wären, wenn Menschen meinen, ungefragt ihre Meinung kundtun zu müssen.

Eine neue Woche begann. Es war Sommer und wir hatten Ferien. Gott sei Dank, dachte ich manchmal. Es gibt doch tatsächlich ein Gesetz, das besagt, dass eine Lehrerin drei Monate nach der Geburt ihres Kindes nicht arbeiten darf. Die Möglichkeit eines Kindes, das stirbt, wird in diesem Gesetz nicht berücksichtigt.
Für mich stellte sich die Frage nicht, ob es mir gutgetan hätte, zu arbeiten – denn es waren ja Ferien. Heute weiß ich, dass ich dazu nicht die Kraft gehabt hätte. Damals

aber meinte ich, eine Beschäftigung zu brauchen, und so wünschte ich mir, bei meinen Schülern zu sein.
Dann folgte eine Zeit, es waren unendlich lange Monate, einer tiefen Leere. Alles um mich herum und vor allem in mir erschien mir einfach nur leer. Bis auf eine dumpfe, nie enden wollende Traurigkeit war ich nicht fähig, ein anderes Gefühl zuzulassen. Manchmal war nur diese totale Leere in mir, ganz lautlos, dann wieder kamen Tage, an denen der ganze Schmerz ausbrach und ich in Weinkrämpfen gefangen war. Gleichzeitig verspürte ich eine tiefe innere Unruhe. Ich war nicht mehr fähig, mich auf etwas wirklich einzulassen. War ich an einem Ort, zog es mich an einen anderen, war ich daheim, wollte ich fort, und war ich weg, dann zog es mich heim. Verrichtete ich eine Arbeit, so passierte es, dass ich vom einen zum anderen Moment alles stehen und liegen ließ und zu Deborahs Grab ging. Nur dort fand ich manchmal etwas Ruhe. An einem Vormittag Ende Juni war ich gerade dabei, den Küchenboden zu wischen, die Hälfte hatte ich schon geputzt. Vom einen zum anderen Moment ließ ich den Putzlappen fallen und ging zum Grab. Erst als ich dort etwas Kraft geschöpft hatte, ging ich wieder an meine Arbeit zurück. Überall, wo ich war, pflückte ich, wenn ich welche sah, Blumen, um sie zu Deborahs Grab zu bringen. Wenn es regnete oder ein Gewitter kam, hatte ich nur einen einzigen Gedanken, sofort den Grabhügel wieder zu pflegen. Ich lernte, Kerzen zu verzieren und Blumengestecke zu machen. Ich pflanzte kaum etwas ein, sondern brachte ihr immer wieder frische Pflanzen. So hatte ich ständig die Möglichkeit, etwas zu tun für mein Kind. Wenn die Blumen verwelkt waren, steckte ich wieder neue. Ich glaube heute, ich brauchte das vor allem für mich, um mir selbst das Gefühl zu geben, etwas für mein Kind tun zu können. Außerdem tat mir die kreative Betätigung gut.

Bis heute bekommt Deborah fast immer frische Blumen.

Oft durchfuhr mich wie ein Blitz der Gedanke, dass es unmöglich wahr sein konnte und alles nur ein Traum sei, ich hatte die Endgültigkeit noch nicht wirklich akzeptiert. Obwohl ich ständig Blumen pflückte, kam mir andererseits das Blühen vor wie ein Hohn. Alles war erfüllt von Leben und ich spürte nur Kälte und Tod. Immer wieder fand ich mich in solchen Gegensätzen gefangen. Schon wieder Gegensätze!

Meine Eltern bestärkten uns in dieser Zeit immer und immer wieder darin, alles zu tun, was uns half. Wir merkten selbst, dass wir so sehr etwas Alltäglichkeit brauchten. Wirklich teilzuhaben am Alltag und uns daran zu erfreuen, ist uns lange Zeit nicht möglich gewesen, da uns immer wieder unsere Gefühle einholten. Das, was Außenstehende von Trauer zu sehen kriegen, ist selten das, was die betroffenen Menschen tatsächlich fühlen. Nur wer sich wirklich einlässt, kann ein wenig verstehen. In dieser Zeit habe ich zum ersten Mal gespürt, wie es ist, unter vielen Menschen zu sein und sich dennoch einsam und allein zu fühlen.
Jeden Abend, egal wie spät es war, manchmal auch mitten in der Nacht, führte mein letzter Gang vor dem Zubettgehen ans Grab meines Kindes. Dort sagte ich ihr gute Nacht, dort dankte ich auch dafür, wieder einen Tag überstanden zu haben. Meistens war ich am Ende des Tages so erschöpft, dass ich ins Bett fiel, und nur einfach froh war, zu schlafen und nicht mehr denken zu müssen. Jeden Morgen, schon bevor ich die Augen öffnete, war wieder dieser Gedanke: „Mein Kind ist nicht mehr da."
Ich begann am Abend sehr oft zu den Sternen zu schauen. Unzählige Male stand ich am Küchenfenster und schaute in den Abendhimmel. Sehr bald entdeckte ich einen besonders hellen Stern. Und irgendwann entstand in meinem Kopf das Bild, dass meine kleine Deborah jetzt da oben war.

Dieses Bild habe ich mir bis heute bewahrt. Ich bin nicht sicher, ob es jedes Mal derselbe Stern ist, den ich betrachte. Aber überall, wo ich bin, auch wenn ich sehr weit von zuhause weg bin, ist es immer der hellste Stern, den ich suche. Und dort stelle ich mir mein kleines Mädchen als Sternkind vor.

Oft drückte mich die Schwere in meiner Brust fast nieder. Dann war ich einfach da, apathisch, unfähig irgendetwas zu tun. Ich habe in dieser Zeit nicht wirklich gelebt, ich habe überlebt.
Es blieben wenige Menschen, denen wir vertrauten und die uns beistanden – allen voran meine Eltern, meine Schwägerin (die Patin von Deborah), eine Tante meines Mannes und meine Kollegin. Sie haben wohl tausend und mehr Male unsere Tränen ertragen und uns zugehört, wenn wir über unseren Schmerz und unser Kind sprachen. Nicht ein einziges Mal haben sie uns das Gefühl gegeben, nicht willkommen zu sein oder keine Zeit für uns zu haben. Sie waren da, zu jeder Tages- und Nachtzeit. Erst lange Zeit später habe ich verstanden, wie viel Kraft von ihrer Seite dazugehörte, uns immer wieder aufzurichten, zu trösten und, vor allem, uns ihre Zeit zu schenken. Damals war ich so gefangen in meinem Schmerz, dass ich daran gar nicht dachte, ja, ich glaube, ich war lange Zeit blind für das, was meine Mitmenschen fühlten. Gerade aus diesem Grund bin ich heute noch all jenen Menschen zutiefst dankbar, die ihre Kraft mit uns teilten.

Gleichzeitig machten wir aber auch die Erfahrung, dass viele Menschen kaum Verständnis für unsere Trauer hatten, und das verletzte uns oft zutiefst. Manchmal waren es nur ein paar Worte oder einige Sätze, mit denen sie uns zu verstehen gaben, wir sollten doch endlich vergessen und sein wie früher. Von diesen Menschen und ihren bestimmt gut gemeinten Ratschlägen zogen wir uns zurück.

Wenn ich zurückdenke, glaube ich, dass mein Verhalten auf sie vielleicht arrogant gewirkt haben mag, für mich war es nichts anderes, als eine schützende Mauer um mich zu errichten, damit mich niemand verletzten konnte. Meine Gefühle für einige dieser Menschen sind in dieser Zeit zerbrochen. Ich merkte und weiß seit dieser Zeit, was wirkliche Freunde sind und was wirkliche Freundschaft auszuhalten vermag.

Aber wir waren auch überrascht, wie viele Menschen, mit denen uns wenig verband, plötzlich auf uns zugingen, mit uns sprachen und uns immer wieder halfen. Wir haben in dieser Zeit neue Kontakte geknüpft, aus einigen von ihnen sind über die Jahre Freundschaften gewachsen. Oft standen Kerzen oder Blumensträußchen am Grab; ich freute mich jedes Mal darüber, wenn ich merkte, dass jemand an unser Kind gedacht hatte. Mit den Jahren wurden es weniger, aber einige wenige Menschen tun es heute noch.

Damals habe ich etwas ganz Wichtiges für mich gelernt, obwohl es mir erst viel später bewusst wurde. Ich suche mir die Menschen selbst aus, die meine Freunde sind. Ich merke, wenn Menschen oberflächlich sind und nur den Schein von etwas wahren möchten. Ich verkehre nach wie vor mit ihnen, aber sie zählen nicht mehr zu meinen Freunden. Ich habe auch gelernt, mein Herz zu öffnen für die Nöte anderer, und ich habe gelernt, zuzuhören. Das, was ich in der Zeit meiner tiefsten Trauer an Gutem erfahren habe, gebe ich heute gerne weiter an jene, die es brauchen und annehmen wollen.

In diesem Sommer gab es noch zwei Menschen, die nicht unwesentlich dazu beitrugen, mich am Leben zu erhalten: Mein Patenkind und ihre Schwester, die gerade mal zwei bzw. ein Jahr alt waren, haben mich immer wieder in Beschlag genommen und haben mir oft ein Lachen entlockt. Sie taten mir gut in ihrer kindlichen und unbe-

schwerten Art. Viel Zeit habe ich mit ihnen verbracht, weil sie vermochten, mir etwas Freude und Lebensmut zu geben. Wenn ich sie im Doppelpack hatte, war keine Zeit mehr, zu grübeln und zu weinen. Sie haben damals unbewusst so viel Freude in mein Leben gebracht, wie es unter den gegebenen Umständen möglich war. Die Bindung, die damals zu ihnen entstanden ist, ist heute noch etwas Besonderes und ein tiefes Vertrauensverhältnis besteht zwischen ihnen und mir. Für mich sind sie neben meinen eigenen Kindern immer noch meine kleinen großen Mädchen, obwohl sie inzwischen erwachsene junge Frauen sind.
Manchmal kam es mir damals so vor, als ob mir nur mehr schwangere Frauen und junge Mütter mit Kinderwagen über den Weg laufen würden. Wahrscheinlich habe ich sie aber vorher nur nicht so bewusst wahrgenommen. Einige Male passierte es, dass ich mit meinem Mann irgendwo war und plötzlich die Straßenseite wechseln wollte. Ich konnte glückliche Mütter mit Babys nicht anschauen. Sie aus der Nähe zu sehen, trieb mir jedes Mal die Tränen in die Augen.

Irgendwann musste ich zur Nachuntersuchung ins Krankenhaus. Dort sah ich mich einer jungen Frau gegenüber, die in einer Babywippe ein wenige Wochen altes Baby bei sich hatte. Sie sprach gerade mit einer anderen Frau, die fragte, wie es ihr gehe. Ihre Antwort war für mich wie ein Schlag ins Gesicht: „Che noia, piange tanto!“ Ich war einfach nur entsetzt über diese Aussage, die ich im Vorbeigehen aufgeschnappt hatte. Wie gerne hätte ich mein Baby bei mir gehabt, auch wenn es geweint hätte. Aber das sollte an diesem Tag noch nicht alles sein! Als ich zum Arzt kam, lachte er mich an und fragte, nachdem er festgestellt hatte, dass ich zur Nachuntersuchung kam, wie es mir gehe. Noch entsetzt über den Vorfall von vorhin, sagte ich mit Tränen in den Augen, es gehe irgendwie. Ganz entsetzt fragte er mich: „Warum denn, was fehlt denn?“ „Mein Kind ist tot“, sagte ich nur. Es war ihm sichtlich peinlich, aber er hat sich nicht entschuldigt. Es wäre schön gewesen, wenn er meine Kartei etwas genauer angeschaut und ein bisschen feinfühliger gewesen wäre.

Die Beziehung zwischen meinem Mann und mir war in dieser Zeit geprägt von einem tiefen, grenzenlosen Respekt füreinander. Füreinander waren wir stark, wir richteten uns immer wieder gegenseitig auf, wenn einer von uns beiden nicht mehr konnte. Wir waren bemüht, uns gegenseitig zu umsorgen und zu verhindern, dass einer von uns beiden ins Bodenlose fiel. Wir schauten darauf, dass wir genug Schlaf bekamen, ermunterten uns gegenseitig, zu essen, uns an der frischen Luft zu bewegen und unsere Tage irgendwie zu füllen.
Wir verbrachten so viel Zeit als möglich zusammen, führten stundenlange Gespräche und sehr oft weinten wir zusammen. Es gab so viel Schmerz in unserem Leben und mindestens gleich viele Zweifel, wenn wir an unsere Zukunft dachten. Wir brauchten die Nähe des anderen, wir brauchten Geborgenheit und das Gefühl, aufgehoben zu sein.
Mehr als zwei Monate waren seit Deborahs Geburt und Tod vergangen, und ich spürte in mir immer noch eine unvorstellbare Angst vor körperlicher Berührung. Es schien mir, als ob ich zu keiner sexuellen Regung mehr fähig sei. Mein Körper, der Leben geboren hatte, um es gleich wieder herzugeben, schien mir fremd und unheimlich. Von verschiedenen Seiten hatte ich gehört, dass in der Zeit nach der Geburt das Kind im Gefühlsmittelpunkt einer Frau steht und für den Partner wenig Zeit bleibt. Zeit für meinen Mann hatte ich jede Menge, aber im Mittelpunkt meines Denkens stand mein totes Kind. Bei jeder Berührung überschlugen sich in meinem Kopf unzählige Gedanken – Geburt, Krankheit, Schmerz, Tod, Angst, Trauer – und ein sich inzwischen in mein Gehirn eingenisteter Satz – NIE MEHR. Und zu diesem Nie-Mehr gehörte jede

Freude, jedes herzhafte Lachen und jegliche Lust, und an erster Stelle die Lust auf Sex. Es war Geborgenheit, die ich brauchte, Schutz und Trost, aber körperliche Nähe schien mir angesichts unseres toten Kindes schlichtweg unmöglich zu sein.
Es war ein langsames und geduldiges Sich-wieder-Annähern, zaghaft, einfühlsam und voller Verständnis und Rücksicht. Wir beide hatten uns verändert, plötzlich war körperliche Liebe nichts Selbstverständliches mehr, es war etwas Neues, sehr verletzlich und in dem tiefen Bewusstsein, vielleicht nie mehr neues Leben zeugen zu wollen, aus Angst, es wieder zu verlieren.

In diesem Sommer hatten wir mehrere Gespräche mit den Kinderärzten in Bozen. Ganz langsam fingen wir an, zu begreifen, was es mit der Krankheit unseres Kindes auf sich hatte. Diese Krankheit war genetisch bedingt!
„Also haben wir selbst irgendeine Krankheit!“, war mein erster Gedanke. Nur langsam und nach vielen Erklärungen haben wir angefangen zu begreifen. Noch nie zuvor hatte ich mir Gedanken darüber gemacht, was eine genetische Erkrankung bedeutete. Klar, ich hatte davon gehört, aber darüber nachgedacht hatte ich eigentlich nie wirklich. Das, was ich heute darüber weiß, stellt keine Ansprüche an wissenschaftliche Richtigkeit. Ich versuche es einfach so wiederzugeben, wie ich es, als Laie und Betroffene, verstanden habe: Jeder Mensch hat Defekte in seinen Genen. Das ist normal und an sich nichts Besonderes. Das löst auch keine Krankheiten aus. Wenn allerdings zwei Menschen genau an derselben Stelle einen Fehler in ihrer Erbmasse haben und gemeinsam ein Kind zeugen, kann das beim Kind zu Krankheiten führen. Mein Mann und ich hatten also an ein und derselben Stelle einen Fehler in unserer DNA, waren also beide Träger der Krankheit, die bei uns selbst aber nie ausgelöst würde. Nur für unsere Kinder bestand diese Gefahr. Die Kombination unserer beiden Erbmassen trug ein 25-prozentiges Risi-

ko in sich, dass diese Krankheit, Hyperammonämie, zum Ausbruch kam. Hätte mein Mann also eine andere Frau geheiratet oder ich einen anderen Mann, wäre das Risiko dieser angsteinflößenden Krankheit bei den Kindern gleich null gewesen. 25 % Risiko dieser Krankheit bei jedem weiteren Kind, eine Chance von 75 % auf ein gesundes Kind, das den Defekt entweder gar nicht hat, oder so wie mein Mann und ich einfach nur Träger ist, ohne dass die Krankheit jemals zum Ausbruch kommt. Das waren die Tatsachen, denen wir ins Auge blicken mussten. Eine genetisch bedingte Stoffwechselkrankheit war es also, die unserem Kind das Leben gekostet hatte.

Ich erinnere mich noch sehr genau, wie wir mit den Ärzten sprachen und wie ich meine Frage an den Primar stellte: „Würden Sie das Risiko eingehen?" Wie naiv von mir, zu glauben, er als Mediziner könnte mir sagen, dass 25% Risiko, noch einmal ein Kind zu verlieren, relativ wenig sei. So sagte er mir folgende Worte: „Als Arzt kann ich Ihnen nur Fakten sagen und keinen Ratschlag geben, Sie selbst müssen abwägen, ob Sie es ein zweites Mal wagen wollen." Mir schoss der Gedanke durch den Kopf, dass ich eigentlich gar keine Antwort wollte. *Nie mehr* beinhaltete zu der Zeit nämlich auch, dass ich niemals mehr ein Kind haben wollte. Während mich dieser Gedanke durchfuhr, hörte ich, wie er weitersprach: „Wenn sie mir aber als Mensch und Vater diese Frage stellen, dann würde ich mit Ja antworten."

Noch heute erinnere ich mich manchmal an diesen Satz. Heute weiß ich auch, dass er damals einen Samen in mein Herz gesät hat, der für lange Zeit auf brachem Boden lag, aber irgendwann angefangen hat zu keimen, als ich es zulassen konnte und mein Herz ganz zaghaft wieder zu mehr als Trauer fähig war.

Da unser Blut – Deborahs, das meines Mannes und meines – an verschiedene Universitäten in Europa und Amerika zur DNA-Untersuchung geschickt wurde, hieß es jedoch noch abwarten, bis die genauen Ergebnisse da waren – wenn es überhaupt möglich war, eine sichere Diagnose zu stellen.
Wenigen Menschen gegenüber haben wir die Worte „genetisch bedingt" in den Mund genommen. Aber relativ schnell schien es mir, als ob jeder im Dorf darüber Bescheid wüsste. Und in Gesprächen merkte ich, dass es den anderen gleich erging wie mir, als ich mich anfangs damit konfrontiert sah. Genetisch bedingt bedeutet, wir sind krank. Manche Menschen sprachen mich darauf an und ich war froh über ihre Ehrlichkeit. Allerdings kostete es mich irgendwann unheimlich viel Kraft, immer wieder dieselben Dinge zu erklären. Dabei hatte ich ständig das Gefühl, mich rechtfertigen zu müssen, erklären zu müssen, dass wir nicht aussätzig und krank waren, dass jeder Mensch in den Genen Defekte hatte, dass wir nicht anders waren als alle anderen. Dass unser einziger Fehler darin bestand, dass genau wir zwei uns gefunden hatten. Fehler! Ich begann alles in Frage zu stellen, unsere Beziehung, unser Leben.

Noch ein Satz klingt mir in diesem Zusammenhang immer wieder nach. „Su tutto il mondo ci sara solo un centinaio di casi come il Vostro." Kein einziges Mal habe ich mir gewünscht, dieses Schicksal hätte jemand anderen heimgesucht, aber unzählige Male habe ich mir gewünscht, wir würden nicht zu diesen wenigen dazugehören.

Herbst

Im September nahm ich meine Arbeit wieder auf. Ich war froh, endlich wieder in der Schule zu sein, etwas zu tun zu haben und abgelenkt zu sein. Gleichzeitig nahm mein Mann eine neue Arbeit an, wegen der er nur an den Wochenenden heimkam.
Wenn ich in der Klasse bei meinen Schülern war, gelang es mir recht gut, all meine Sorgen vor dem Klassenzimmer zu lassen. Zuhause aber spürte ich nur eine entsetzliche Leere.
Oft saß ich ewig lange am selben Ort , um irgendwann zu merken, dass viel Zeit vergangen war, in der ich nichts anderes getan hatte, als ins Leere zu starren und meinen Gedanken nachzuhängen. Ich war so allein wie nie zuvor in meinem Leben. Die Abende versuchte ich mit Arbeit zu füllen, da diese Leere oft unerträglich war.
Irgendwann erwachte ich am Morgen und über Nacht war der erste Schnee gefallen. „Sie hat ja viel zu kalt“, war mein erster Gedanke. Wie immer ging ich auf meinem Weg in die Schule durch den Friedhof. Dort widerstand ich nur mit äußerster Kraft dem Gefühl, allen Schnee vom Grabhügel schaufeln zu müssen. Diese Schneedecke machte mir wieder einmal die Endgültigkeit des Vorgefallenen klar. Die Zeit ging weiter, Jahreszeiten zogen ins Land, aber für mich stand die Welt still. Tränen flossen mir an jenem Morgen unaufhörlich über mein Gesicht und ich hatte ein unbändiges Gefühl, mein Kind irgendwie wärmen zu müssen. In der Schule war es meine Kollegin, die sofort begriff, was mit mir los war, und die mich einfach nur umarmte und tröstete.
Alles war in diesem Jahr das erste Mal. Und alles war schmerzhaft. Zu oft hatte ich mir in der Schwangerschaft in meinen Träumen ausgemalt, wie es sein würde, wenn ich bestimmte Dinge zusammen mit meinem Kind zum ersten Mal erleben würde. Die ersten Schneeflocken hatte

ich mir so schön vorgestellt, und nun hatte genau dieser Schnee etwas so Beängstigendes und Endgültiges an sich. Immer noch führte mich mein letzter Weg an jedem Abend vor dem Zubettgehen auf den Friedhof. Ich musste meinem Kind gute Nacht sagen und mir an seinem Grab etwas Ruhe suchen, nur so konnte ich einschlafen. Nach wie vor war ich zu den unmöglichsten Zeiten am Grab. Auch das war für viele meiner Mitmenschen nicht verständlich. Ich aber brauchte diesen Ort, um zur Ruhe zu kommen, und vor allem: Ich konnte nicht schlafen, wenn ich vorher nicht noch einmal dort gewesen war.
Einmal, es war zwei Uhr morgens, kam ich von einem Abend mit meinen Freundinnen heim. Es war Winter und es schneite. Aber dennoch machte ich meinen allabendlichen Weg, erzählte an Deborahs Grab, was ich erlebt hatte und ging dann schlafen.
Oft ließ ich mich von Freundinnen aus meiner Zurückgezogenheit reißen, freute mich aber gleichzeitig auf das Alleinsein. Mein Mann fehlte mir, vor allem am Abend, wenn es früh dunkel wurde und ich dringend jemanden brauchte – zum Reden und zum Festhalten. Oft drang Gelächter in unsere Wohnung, dann war es am schlimmsten. Ich fühlte mich ausgeschlossen und wurde zur Einzelgängerin. Es gab in dieser Zeit nur mehr ganz wenige Menschen, zu denen ich von mir aus den Kontakt suchte, nur jene, die mir nicht das Gefühl gaben, ihnen zur Last zu fallen, wenn ich traurig war.

Und eine neue Sorge schlich sich in diesem Winter ein. Wir beide, mein Mann und ich, entfernten uns immer weiter voneinander. Immer seltener wurden die Momente, wo wir wirklich reden konnten, wo wir imstande waren, uns gegenseitig ein Gefühl des Geborgenseins zu geben. Oft fehlte uns das Verständnis für den anderen, unsere Wege waren weit voneinander entfernt.
Das erste Weihnachtsfest war schlechthin eine Katastrophe. Schon Wochen vorher hatte ich Angst vor den Feier-

tagen. Wir wollten allein sein, um niemanden zu belasten. Am Heiligen Abend brach alles, aber auch alles, was sich an Wut und Aggressionen in uns aufgestaut hatte, aus uns beiden heraus. Es schien keinen gemeinsamen Weg mehr zu geben. Die Trauer hatte uns verändert und verletzlicher gemacht. Viele Stunden dauerte dieser Zustand an. Erst gegen elf Uhr abends, als fast das ganze Dorf bei der Christmette war, hatten wir uns so weit gefasst, gemeinsam unser kleines Bäumchen zu schmücken. Wir schafften es in dieser Zeit aber noch, miteinander zu reden, Missverständnisse auszuräumen und Dinge zumindest ansatzweise zu klären.
Silvester verbrachten wir bei Freunden. Sie hörten uns zu und nahmen uns an in unserem Schmerz. Als es Mitternacht schlug, weinten wir gemeinsam. Was würde das neue Jahr uns bringen? Würde dieser Schmerz irgendwann nachlassen?

Nun folgte eine lange Phase, in der ich immense Kämpfe mit Gott austrug. Ich warf ihm all meinen Schmerz an den Kopf, machte ihn für mein Elend verantwortlich und flehte ihn im nächsten Moment um Hilfe an. Ohnmächtiger Zorn einerseits und immense Schuldgefühle ob meines Verhaltens andererseits wechselten sich ständig ab. Ich besuchte die Messe viel öfter als früher und merkte, dass ich dort irgendwie zur Ruhe kam und Kraft schöpfte. Gleichzeitig befand ich mich in einer tiefen Glaubenskrise und stellte alles, aber auch alles in Frage. Ich riss jegliche Literatur, die sich mit dem Thema Tod auseinandersetzte, an mich und suchte verzweifelt nach Antworten auf meine Fragen. Es sollte sehr lange dauern, bis ich für mich eine Antwort fand, mit der ich leben konnte.

Hinzu kam, dass ich lernen musste, dass jeder Mensch auf seine ganz persönliche Weise trauert und mit dem Tod umgeht. Das war mir zu der Zeit allerdings nicht bewusst.

Ich suchte so oft wie möglich den Weg zum Grab, mein Mann vermied den Friedhofsbesuch, wo er konnte. Ich wollte allein mit ihm sein und über unser Kind sprechen, mein Mann versuchte viel mehr am Leben teilzunehmen. Er brauchte Menschen um sich, konnte dort abschalten und Kraft tanken. Unterschiedlicher hätten wir nicht trauern können. Es kam die Zeit, wo ich ihm vorwarf, oberflächlich zu sein. Umgekehrt hatte er nicht mehr die Kraft, meine Tränen auszuhalten.
Ich begann mir, ernstliche Sorgen um unsere Beziehung zu machen. Unsere Gespräche wurden weniger und oft war es nur Schweigen, das wir uns entgegenbrachten. Immer öfter fühlten wir uns nicht mehr verstanden und lebten mehr nebeneinander als miteinander. Dieser Zustand dauerte mehrere Monate an. Ich kann mich noch genau erinnern, dass wir zum Essen ausgingen. Der Abend war schön, wir tranken eine Flasche Wein und hatten seit langer Zeit zum ersten Mal ein richtig gutes Gespräch. Diese Nacht dauerte bis zum Morgen und in dieser Nacht räumten wir viele Missverständnisse, die zwischen uns standen, aus. Wir merkten, dass wir beide auf ganz verschiedene Weise mit unserer Trauer umgingen, dass das, was für mich gut war, für ihn nur Schmerz bedeutete, und dass seine Art zu trauern ganz anders war als meine. Seine Tränen hatte er allein geweint, da er meinte, für mich stark sein zu müssen. In den frühen Morgenstunden konnten wir gemeinsam weinen und wir erneuerten unseren Schwur: „Wir drei sind wie ein Berg."
Wir lernten langsam, die Art zu Trauern des anderen zu tolerieren, und akzeptierten, dass wir beide unseren ganz eigenen Weg durch diese Hölle suchen mussten. Wir hatten begriffen, dass wir uns gegenseitig stützen konnten, aber letztendlich beide – unabhängig voneinander – unseren ganz eigenen Weg finden mussten. Irgendwann begriff ich, wie stark mein Mann in all dieser Zeit für mich sein wollte, indem er seinen Schmerz vor mir verbarg.

Dennoch dauerte es noch lange, bis ich aus mir heraus konnte und wieder am Leben teilnahm. Aber wir hatten wieder eine Gesprächsbasis gefunden, und das tat uns beiden gut. In einem stummen Abkommen unterließen wir es, uns gegenseitig einreden zu wollen, was uns guttat. Wir lebten beide so, wie wir es konnten, und fanden dadurch wieder zueinander. Wir verschlossen aber auch nicht mehr die Gefühle voreinander und konnten in unseren langen Gesprächen etwas Kraft schöpfen.

Wenn ich heute an diese Phase unserer Trauer zurückdenke, weiß ich, dass es vielen verwaisten Eltern genauso ergeht. Ich habe damals, obwohl ich sehr viel über Trauer gelesen habe, nirgends annähernd einen Hinweis darauf gefunden, wie sich der Verlust eines Kindes auf eine Partnerschaft auswirken kann. Für mich galt einfach der Grundsatz, dass dieser gemeinsame Verlust zwei Menschen noch enger aneinander bindet. Ich musste feststellen, dass das Gegenteil der Fall sein kann, wenn das Verstehen und Wissen fehlt, dass Trauer etwas ganz Individuelles ist, und jeder seine Freiheit braucht, seinen Weg zu gehen.

Krank

Indes fing mein Körper an, sich zu wehren. Bereits im Herbst, hatte ich mich mit Keuchhusten angesteckt. Ich war körperlich mittlerweile so schwach, dass ich wohl kaum noch Abwehrkräfte in mir hatte. Wegen der Ansteckungsgefahr durfte ich nicht arbeiten. Ich sollte viel in den Wald gehen. Das tat meinem Husten gut, zudem merkte ich aber auch, dass ich in der Natur Kraft schöpfen konnte und dass die langen Streifzüge durch den Wald auch meiner Seele guttaten. In dieser Zeit habe ich wieder angefangen, die kleinen Wunder in der Natur bewusst wahrzunehmen. Immer mehr wurde ich zur Beobachterin, sah plötzlich wieder Dinge, die ich früher übersehen hatte. Ich habe nie zuvor den Wandel der Jahreszeiten so bewusst wahrgenommen wie seit Deborahs Tod. Dieses bewusste Beobachten erfüllte mich einerseits mit großem Staunen, andererseits mit großer Angst vor dem nahenden Winter. Im Herbst gibt es noch etwas Hoffnung auf einen wärmenden Sonnenstrahl, im Winter würde mir auch diese Hoffnung genommen sein. Ich merkte selbst, dass sich in meinem Kopf immer öfter Gedanken breitmachten, in denen ich meine Gefühle mit dem Wandel der Jahreszeiten verglich. Nichts schien für mich mehr stimmig, so wie es war. Für mich war es bereits im Frühling Herbst geworden.

Ich schaffte es in diesem Winter kaum, mehrere Wochen am Stück zu arbeiten. Immer wieder bekam ich sehr hohes Fieber und musste das Bett hüten. Dann dämmerte ich oft tagelang vor mich hin, ohne um mich herum etwas wirklich wahrzunehmen. Einmal war es eine Grippe, das nächste Mal eine Bronchitis und einige Male auch Angina. Manchmal war es so schlimm, dass meine Eltern mich nicht alleinlassen wollten und mich zu sich holten. Sie bemutterten mich wie ein kleines Kind und versuchten alles zu tun, um mich körperlich und seelisch aufzubau-

en. Beides gelang nur in sehr begrenztem Maße. Meine gesunden Phasen waren immer nur kurze Verschnaufpausen von wenigen Wochen, oft nur von wenigen Tagen.
Ich machte mir Sorgen um die Lernfortschritte meiner Schüler und hatte ein schlechtes Gewissen, wenn ich schon wieder nicht arbeiten konnte. Ich weiß nicht mehr, wie viele verschiedene Supplenten in diesem Schuljahr für mich einspringen mussten. Ich bin heute noch meinen Kolleginnen und allen Eltern dankbar, denn kein einziges Mal hat sich jemand von ihnen über mein ständiges Fehlen beklagt. Ich war bis auf die Knochen abgemagert und wog bei einer Körpergröße von 1,76 m gerade noch 56 kg. Ich selbst spürte, dass aus meinem Inneren keine Kraft mehr kam. Unser Hausarzt war mir in dieser Zeit der beste Psychologe und nicht selten hat er sich, obwohl das Wartezimmer voll war, die Zeit genommen, mit mir lange Gespräche zu führen.
Es war ein ständiger Wechsel zwischen Zu-Boden-Fallen und Aufstehen. Meine kranke Seele hatte meinen Körper krank gemacht. Manchmal ging ich trotz hohen Fiebers zum Grab, immer nur, wenn es dunkel wurde, weil ich nicht wollte, dass jemand mich sah. Ich wusste, dass jeder normale Mensch mich angesichts meines Zustands sofort heimgeschickt hätte.

Ein Jahr danach

Im Frühling fing es an, mir körperlich etwas besser zu gehen.
Der erste Geburts- und gleich darauf der erste Todestag unserer Kleinen nahten. Wieder fiel ich in ein tiefes Loch. Manchmal schaute ich auf die Uhr und wusste genau, was vor einem Jahr zu diesem Zeitpunkt gewesen war. Ich durchlebte die Tage noch einmal in ihrer ganzen Intensität. In dieser Woche war Deborahs Grab ein einziges weißes Blumenmeer. So viele Menschen hatten an sie gedacht und Blumen niedergelegt. Es tat gut, zu wissen, dass wir nicht allein waren.
Am Abend des ersten Todestages stand meine Freundin mit den Worten vor der Tür: „Ich möchte nicht, dass du heute allein bist.“ Wie viel Trost lag in ihren Worten! So verbrachten wir diesen Abend gemeinsam, wie schon vor einem Jahr.
Viele waren zum Gedenkgottesdienst gekommen, und ich erinnere mich an die Gesichter, aber ich erinnere mich auch an jene, die fehlten.

In den Jahren ist es so geblieben, es kommen immer dieselben und es fehlen immer dieselben. Oft hat es mich tief verletzt, heute nehme ich es hin. Es schmerzt nicht mehr und niemand soll sich zwingen etwas zu tun, was er nicht wirklich will.

In den folgenden Sommermonaten erwischte ich mich immer öfter, mich über etwas zu freuen. Meistens hatte ich anschließend ein schlechtes Gewissen meinem Kind gegenüber und rechtfertigte mich dafür. Immer wieder sagte ich meinem Kind, dass ich es nicht vergessen würde, auch wenn ich manchmal wieder fröhlich war.
In dieser Zeit kam eine Cousine meines Mannes oft auf Besuch. Sie holte mich des Öfteren ab, wenn ich allein

war, und wir verbrachten viel Zeit zusammen. Sie wurde mir zu einer geschätzten Freundin und ist seit langem ein sehr wertvoller Mensch für meine Familie.
Wenn mein Mann und ich gemeinsam irgendwo gewesen waren und uns gut unterhalten hatten, brach ich anschließend oft in Tränen aus. Er hat mich immer wieder darin bestärkt, mich dem Leben zuzuwenden, und es gelang ihm, mir klarzumachen, dass unser Kind sich freute, wenn es sah, dass es uns besser ging.
Das ging nicht von einem Tag zum anderen, aber ich merkte, dass es immer öfter auch gute Tage gab. Ich war aber noch nicht so weit, diese Tage ohne schlechtes Gewissen anzunehmen. Der Schmerz hatte sich verändert. Er war noch immer da, nicht in der gleichen Intensität, aber er war mein ständiger Begleiter. Langsam lernte ich, mit ihm zu leben.
Jeden Abend schaute ich zu unserem Stern und stellte mir vor, dass sie von dort zu uns herunterlachte. Dennoch war meine große Frage immer noch: „Was kommt nach dem Tod?" Ich stellte immer weniger oft die Frage nach dem WARUM. Ich begann das Schicksal anzunehmen, als Teil unseres Lebens, und ich wusste für mich, dass Deborahs Tod unser weiteres Leben prägen würde. Ich hatte mich damit abgefunden, dass ich auf das Warum keine Antwort bekommen würde, die mich sagen ließe: „Ja, ich verstehe es." Aber die Zweifel, die mich plagten um ein Weiterleben nach dem Tod, brachten mich fast um.

Das zweite Weihnachten nahte und in der Adventszeit genoss ich die Stille, lebte bewusst. Ich zündete oft die Kerzen am Adventskranz für mich alleine an, hörte Musik und merkte, dass sich in dieser Zeit etwas in mir veränderte. Wenn ich spätabends noch an Deborahs Grab stand, war eine tiefe Ruhe in mir, die ich schon lange nicht mehr gespürt hatte. Irgendwie freute ich mich auf das bevorstehende Fest, nicht auf Geschenke, sondern wirklich auf Weihnachten. Im Gegensatz zum Vorjahr verbrachten

wir ein stilles, harmonisches Fest. Mein Mann und ich besuchten unser Kind und spürten diese tiefe Traurigkeit, aber wir durchlebten nicht solch starke Gefühlsausbrüche wie im vergangenen Jahr.
Wir verbrachten den Heiligabend bei meinen Eltern und wir fanden auch die Zeit, über Deborah zu sprechen, und so war sie irgendwie mitten unter uns.
Mein Mann und ich hatten vom Vorjahr gelernt. Wir waren noch nicht so weit, großen Festen allein zu begegnen. Wir brauchten die Nähe von Menschen, die uns verstanden und uns über solche Tage halfen.

Ich weiß nicht warum, aber bis heute sind die großen Festtage gleichzeitig auch jene Tage, an denen wir unser Kind am meisten vermissen. Vielleicht liegt es auch daran, dass die Familie sich vereint und dadurch der leere Platz umso mehr auffällt.

Ich hatte zu Weihnachten einen Büchergutschein geschenkt bekommen.
Im Jänner kaufte ich mir mehrere Bücher, darunter eines von Elisabeth Kübler Ross „Der Tod und das Leben danach". Sie schreibt darin über den Tod von Kindern und über todesnahe Erlebnisse. In diesem Buch fand ich für mich die Antwort auf die Frage nach einem Weiterleben nach dem Tod. Das, was ich so lange gehofft, angezweifelt und wieder geglaubt hatte, wurde für mich zur Gewissheit. Ihre Ausführungen waren wie Balsam für meine Seele.

Wenige Tage später hatte ich einen Traum, der für mich zum Schlüsselerlebnis wurde. Ich begegnete meinem vor einigen Jahren tödlich verunglückten Cousin, mit dem mich eine herzliche Freundschaft verbunden hatte. Eine ein wenig geöffnete Glastür stand zwischen uns und ich wollte eintreten. „Nein!", sagte er, „für dich ist es noch zu früh, durch diese Tür zu treten. Aber deine Kleine ist bei uns und es geht ihr gut."

Nie zuvor und nie mehr danach hatte ich einen so klaren, realitätsnahen Traum.
Am nächsten Morgen stand ich auf und ich wusste: „Ich will leben."
Viele mögen sagen, es war nur ein Traum. Für mich war es viel mehr; es war eine Antwort auf meine Fragen, eine Bestätigung, dass es ein Leben nach dem Tod gibt und eine Verbindung mit den Verstorbenen über das irdische Leben hinaus. Vielleicht war ich in diesem Moment einfach bereit, mein Herz zu öffnen für etwas, was der Verstand nicht nachvollziehen kann. Ich kann es nicht genau sagen. Aber an diesem Tag fing ich wieder zu leben an. Ich war mir einfach sicher, dass mein Kleines dort ist, wo es keine Tränen gibt, und ich wollte fröhlich sein für mein Kind.

Heute weiß ich, dass Trauer ein sehr langer Prozess ist. In den sechzehn Jahren, die seit Deborahs Tod vergangen sind, meinte ich einige Male den Trauerprozess abgeschlossen zu haben. Aber immer wieder kommen Tage, an denen der Schmerz da ist, wie am ersten Tag.
In der Zeit, in der dieses Buch entstanden ist, habe ich die schlimmsten Phasen immer wieder ganz intensiv durchlebt. Ich spürte den körperlichen und seelischen Schmerz wie damals, und ich erschrak oft über meine tiefen Gefühle. Ich merke aber, dass es heilend war und die Tränen mir guttaten. Ich bin froh, dass ich mich noch einmal ganz tief eingelassen habe. Viele Gefühle und Verhaltensweisen sind mir dadurch besser verständlich geworden, und ich weiß, dass sie normal waren und sind und zum Verarbeitungsprozess dazugehören.
Mein Leben ist nie mehr so unbeschwert geworden wie es vor Deborahs Tod war, und oft teile ich die Zeit in vor und nach Deborah ein. Ich lebe bewusster und nehme die kleinen Geschenke des Lebens dankbar an. Ich bin an meine menschlichen Grenzen gestoßen und habe erlebt, dass es Situationen gibt, in denen wir Menschen machtlos

sind. Vieles, was das Leben bringt, nehme ich gelassener hin und ich versuche nicht mehr, alles unter Kontrolle zu haben. Oft, wenn Alltagssorgen mich einholen, mache ich mir bewusst, dass ich viel Schlimmeres gemeistert habe. Das Schicksal hat mich nicht geschont. Ich bin immer wieder in Grenzsituationen geraten und stand oft am Rand des Erträglichen. Durch Deborahs Tod aber bin ich gewachsen und reifer geworden, ich wurde stärker und weiß, dass es sich lohnt, zu kämpfen.

Ich wurde wenige Wochen nach meinem Traum schwanger und am 1. November kam unser Sohn Fabian zur Welt. Zwei Jahre später, am 15. November, wurde unsere Tochter Verena geboren.
Mein Mann und ich wussten bei beiden Schwangerschaften um das Risiko dieser genetisch bedingten Krankheit. Bei beiden Kindern wurden unmittelbar nach der Geburt medizinische Vorkehrungen getroffen, um sofort eingreifen zu können.

Ich kann heute nicht sagen, woher wir damals den Mut nahmen, ich weiß nur, es hat sich gelohnt. Unsere Kinder sind gesund und für uns ganz wunderbar. Sie haben uns wieder gelehrt, das Leben zu lieben und herzlich zu lachen. Die beiden haben ihre Schwester nie kennen gelernt und oft sind sie traurig darüber. Deborahs Platz haben unsere beiden Kinder nicht eingenommen, denn Deborahs Platz in unserem Herzen ist nur für sie. Es vergeht kaum ein Tag, an dem Deborah in unserer Familie nicht erwähnt wird. Wenn wir einen Regenbogen sehen, dann denken wir, dass sie darauf Rutschbahn fährt. Wenn wir am Abend draußen sind, dann suchen wir den hellsten Stern und stellen uns vor, dass sie uns von dort zuwinkt. Beim Abendgebet bitten wir sie, unser Schutzengel zu sein und auf uns aufzupassen, und wir sagen ihr auch, dass wir sie lieb haben.

Ich bin dankbar für jede schöne Erinnerung an unser kleines großes Mädchen und ich weiß, dass die Liebe wie eine Brücke ist, zwischen uns und unserem Kind, zwischen Diesseits und Jenseits.

Deborahs Grabmal

Es hat lange gedauert, bis wir uns mit dem Gedanken an Deborahs Grabmal auseinandersetzten. Erst nachdem ein Jahr seit ihrem Tod vergangen war, begann dieser Gedanke von uns Besitz zu ergreifen. Zunächst war es auch wirklich nur der Gedanke, dass wir ein Grabmal für unser Kind wollten.

Das Holzkreuz an ihrem Grab sah mittlerweile schon etwas verwittert aus.

Zunächst waren es nur vage Gedanken. Wir wussten eigentlich nur, was wir nicht wollten und was für uns nicht stimmig war.

Mittlerweile waren mehrere Angebote von Firmen, die Grabdenkmäler anfertigten, per Post ins Haus geflattert. Aber es war nichts dabei, das uns wirklich inspirierte. Es sollte etwas Natürliches sein und doch sollte darin alles, was uns wichtig war, enthalten sein.

Ganz langsam nahmen einige Gedanken Gestalt an: Der Stern war für uns ein sichtbares Zeichen geworden, zu dem wir aufschauten und auf dem wir uns unser Kind vorstellten. Die schützende Hand war ebenso ein wichtiges Thema, genauso wie die Brücke zwischen Leben und Tod.

In vielen einfühlsamen Gesprächen mit unserem Herrn Pfarrer kristallisierten sich im Laufe des nächsten Jahres jene Zeichen heraus, die für uns wichtig waren und welche wir in irgendeiner Form zum Ausdruck bringen wollten. Eine große Frage war nach wie vor das Material. Es sollte kein weißer Marmor sein, das wussten wir. Aber was es dann sein sollte, war lange Zeit nicht klar.

Eine junge Künstlerin, Martha, hat unsere Ideen und Gedanken dann zu Papier gebracht und gemeinsam entschieden wir uns für Tauferer Granit, der unterschiedlich fein bearbeitet werden sollte. Schließlich fanden wir in Sand in Taufers auch jenen Steinmetz, der sich auf unsere

Wünsche einließ und den Stein zu dem Zeichen werden ließ, das uns so wichtig war und bis heute ist.
Die leicht gerundete Form des Grabsteins sowie die Hand als Weihwasserbehälter sind die Zeichen für die schützende Hand, die Gott stets über uns hält. Der Grabstein hat die Form eines Sterns, der zur Mitte hin stetig feiner geschliffen ist, als Zeichen des irdischen Lebens über den Tod hinaus zu ewigem Leben.
In der Mitte hat der Stern eine Öffnung, in die ein Bergkristall eingearbeitet ist, ebenso ist in der Handöffnung ein Bergkristall. Er ist das Symbol für die Brücke zwischen Diesseits und Jenseits. Die Öffnung im Grabstein für die Kerze zeigt seitlich drei Einschnitte auf, die für Glaube, Hoffnung und Liebe stehen.
An dieser Stelle möchte ich einfach Danke sagen, dir Martha für die Zeichnungen und dir Martin für die Anfertigung des Grabmals. Ihr beide habt unsere Gedanken verstanden und sie so umgesetzt, dass sie für uns zu einem sichtbaren Zeichen geworden sind.
Fast genau drei Jahre nach Deborahs Tod, am Samstag vor Muttertag, haben wir das Grabmal aufgestellt. Für mich war es damals mein schönstes Muttertagsgeschenk.

Was mir wichtig geworden ist

Ich denke, dass ich den tiefsten Trauerabschnitt wenige Wochen vor der Schwangerschaft mit Fabian abgeschlossen habe, wenn damals auch unbewusst. Die Geburt unseres Sohnes war für uns von großen Ängsten begleitet, umso größer war die Freude und Dankbarkeit über ein gesundes Kind.
Als zwei Jahre später unsere Tochter Verena geboren wurde, war uns klar, dass Gott uns viel mehr geschenkt hat, als wir nach Deborahs Tod jemals zu hoffen gewagt hatten.
So vergingen zehn Jahre, in denen mir nichts wichtiger war als meine Kinder mit ihren Freuden, Ängsten und kleinen Sorgen. Ich kann sagen, dass es wenige Tage seit der Geburt meiner Kinder gegeben hat, an denen ich vergaß zu danken, dass sie da sind.
Schon früh war es mir wichtig, mit meinen Kindern die Natur zu erfahren und zu erleben. Ich habe immer versucht, ihnen meine Freude am Wechsel der Jahreszeiten und an ihren kleinen Wundern nahezubringen.
Das, was ich schon in der tiefsten Trauer immer wieder erfahren habe, nämlich, dass der Aufenthalt in der Natur mir stets aufs Neue neue Kräfte zu geben vermag, ist für mich immer wichtiger geworden.
Als meine Kinder immer selbstständiger wurden, spürte ich, dass es an der Zeit war, wieder etwas mehr an mich zu denken. Durch Zufall stieß ich auf einen Flyer über eine Ausbildung zur Natur- und Erlebnispädagogin. Der Gedanke daran ließ mich nicht mehr los. Das war es, nach dem ich gesucht hatte! Ich wollte auch anderen Menschen, vor allem Kindern, die Natur als Kraftquelle nahebringen. Vor zwei Jahren habe ich meine Ausbildung abgeschlossen. Seitdem bin ich ehrenamtlich in der Kin-

der- und Jugendarbeit tätig und die Begeisterung der Kinder gibt mir recht.
Immer wieder ist es aber auch das Schreiben, das mir hilft, Dinge zu verarbeiten und zu verkraften. Gedanken in Worte zu kleiden und zu Papier zu bringen, ist für mich heilend, auch wenn es keinen Adressaten hat, so wie ursprünglich dieses Buch. Vor einigen Jahren habe ich aber auch für meine Kinder geschrieben, die Geschichte unserer kleinen Deborah, die sie nie kennenlernen durften. Verpackt in eine Tiergeschichte haben sie von unseren Gefühlen und unserer Trauer erfahren und davon, dass nichts, was geliebt ist, wirklich fort sein kann. Damals habe ich gemerkt, wie gut Geschichten tun und so ist auch das Erzählen von Geschichten ein wichtiger Bestandteil in meiner Arbeit mit Kindern geworden.
Das, was heute mein ICH ausmacht, bin ich zu einem großen Teil durch meine Erfahrung mit dem Tod und der Trauer um mein Kind geworden. Ich habe gelernt, zuzuhören und auf andere einzugehen. Ich habe aber auch gelernt, viele Dinge loszulassen und nicht so wichtig zu nehmen. Ich setze heute andere Prioritäten als vor meiner Zeit mit Deborah.
Ich habe für mich gelernt, Wege zu finden, die ich gehen kann, wenn ich am Ende meiner Kräfte bin, und ich versuche das, was mir wichtig ist, weiterzugeben.

Meine kleine große Deborah,
du hast mich stark gemacht,
du hast mir von dort, wo du jetzt bist, geholfen,
nicht zu zerbrechen,
du hast mein Leben reicher gemacht,
reicher um dieses unsagbare Glück bei deiner Geburt,
reicher um diesen unsagbaren Schmerz,
als du gingst,
reicher um diese Stärke, die mich immer wieder aufstehen ließ.
Du bist es, auf die mein Herz hört,
wenn ich nicht weiterweiß,
du bist es, die mir die Augen für die wichtigen Dinge im Leben geöffnet hat.
Danke, dass du da bist.
Ich liebe dich.

Was uns Eltern geholfen hat

- Ehrliche, auch für uns Laien klar verständliche Gespräche mit den Ärzten

- Das Miteinbezogenwerden in das Geschehen im Krankenhaus bzw. die Vermittlung des Gefühls, dass die Anwesenheit von uns Eltern wichtig und nicht störend war

- Die Sicherheit, die sowohl Ärzte als auch Pflegepersonal auf der Intensivstation bei Entscheidungen und Pflege ausstrahlten

- Die tiefe Menschlichkeit auf der Station, mit der uns alle Beteiligten halfen, bewusst und in Würde Abschied zu nehmen

- Die Anwesenheit von uns nahestehenden Menschen, die sich ohne Angst einließen – die uns stützten und zuhörten, mit uns weinten, redeten und schwiegen, und die sehr sensibel und doch ganz selbstverständlich einsprangen, wo sie gebraucht wurden, und auch dafür sorgten, dass wir aßen, zu Schlaf kamen …, ohne uns dabei zu bevormunden

- Unsere Trauer auf unsere ganz individuelle Weise auszuleben, jeder auf seine Art, und dabei Menschen an unserer Seite zu haben, die versuchten, uns zu verstehen

- Unsere guten Freunde, die unsere (vor allem meine) Isolation immer wieder durchbrachen, auch nachdem schon viele Monate seit Deborahs Tod vergangen waren

- Die Arbeit, die uns ablenkte und Spaß machte

- Für mich war es vor allem die kreative Beschäftigung, wie das Schreiben, die Arbeit im Garten, die Pflege des Grabes

- Die Natur, die mich zunehmend faszinierte und mit ihren Wundern magisch anzog und in der ich immer wieder zur Ruhe kam

- Das Sprechen über unser Kind, das noch heute selbstverständlich ist, und unserer kleinen, großen Deborah ihren Platz in unserer Familie gibt

Dank

Danke sage ich meinem Mann. Du bist den steinigen Weg der Trauer mit mir gegangen und warst so oft für mich stark. Du warst es, der vor einigen Jahren die Texte als erster las und mir immer wieder gesagt hat, ich soll sie auch anderen betroffenen Eltern zugänglich machen.
Danke meinem Vater, der mein größtes Vorbild ist. Du hast mich immer verstanden und immer wieder Türen geöffnet, die mich ins Leben zurückführten. Danke für deine Geschichten.
Danke Mama, für deine Umarmungen und die Tränen, die du mit mir geweint hast. Du warst immer da, als ich nicht mehr weiter wusste.
Danke Trixi, Tina und Lisa, Gertraud und Raimund, Marianne, Doris, Gabi, Martin und Martina, Albin, Judith, Alexander und Lydia, Edith, für die vielen Gespräche und dafür, dass ihr immer da wart, wenn ich am Boden lag. Ihr habt mich in meiner schwersten Zeit begleitet. Ihr gehört zu den wichtigsten Menschen in meinem Leben.
Danke Pater Adalbert, Sie sind für mich viel mehr als ein Seelsorger. Sie hatten damals für uns ein Bett für die Nacht und haben uns durch die schwersten Stunden unseres Lebens begleitet.
Danke Pfarrer Hans und Dr. Michael Kofler für Ihre Zeit und die vielen Gespräche.
Danke der Kinderärztin Frau Dr. Elena Pedron. Sie haben mir ein unendliches Maß an Menschlichkeit entgegengebracht, haben mich in den schwersten Stunden meines Lebens einfühlsam begleitet und waren später dabei, als Fabian und Verena geboren wurden. Danke dem ganzen Team der Frühgeborenen Abteilung des Krankenhauses Bozen.
Danke Agatha für deinen Brief. Er war das erste leise Hoffnungszeichen – dir hab ich geglaubt.

Danke meinen Schülern des Jahrgangs 1988 und ihren Eltern – dafür dass ihr mir nie Vorwürfe gemacht habt, als ich so oft fehlte, weil ich krank war. Danke auch allen Kolleginnen, die damals unzählige Male für mich einsprangen. Danke Elisabeth für dein Verständnis.
Danke Tante Mia, du und deine Familie seid mit uns durch alle Höhen und Tiefen gegangen.
Danke Gottfried Ugolini, Sie haben mir geholfen, wirklich los zu lassen.
Danke Agnes, du hast meine Seele bis ins Innerste berührt, und mich darauf aufmerksam gemacht, nicht von meinem Weg abzukommen.
Danke meinen BIG FIFE – ihr wisst, wer gemeint ist! Dafür, dass ihr auch heute noch Zeit habt, mir zuzuhören, wenn die Trauer wieder da ist und dafür, dass ihr mein Leben reicher macht.
Danke meiner Lektorin Astrid Fleischmann für deine Hilfe und deine konstruktive Kritik, für die vielen einfühlsamen Gespräche. Du bist mir zu einer Freundin geworden.
Danke meiner Freundin und Kollegin Astrid Lamp für das Cover. Du hast meine Gefühle verstanden und so umgesetzt, dass ich darin alles wiederfinde, was mir wichtig ist.
Fabian und Verena, ihr beide habt mich gelehrt, das Leben wieder zu lieben und wieder herzlich zu lachen. Danke, dass ihr da seid! Ihr seid die Größten!

Anna Gantioler

Julian –
Eine kleine Seele kehrt heim

336 Seiten, 13,5 x 21 cm
Klappenbroschur
ISBN 978-88-6011-149-4

Julian kommt am 5. Oktober 1996 zur Welt. Im Alter von zwei Jahren erkrankt der Junge an einer tödlichen Krankheit, die keinen Namen hat. Für die Familie beginnt ein langer Leidensweg.
Eine bewegende Geschichte, die den Bogen spannt zwischen Mutterfreuden, Hoffnung, Liebe, Verzweiflung, Angst, Ergebenheit, Tod, tiefster Trauer und dem dornigen Weg zurück ins Leben.